Cœurs à l'unisson

J'AI LU

Barbara Cartland est une romancière anglaise dont la réputation n'est plus à faire.

Ses romans variés et passionnants mêlent avec bonheur aventures et amour.

Vous retrouverez tous les titres disponibles dans le catalogue que vous remettra gratuitement votre libraire.

Barbara Cartland

Cœurs à l'unisson

Traduit de l'anglais
par Patricia Ranvoisé

Éditions J'ai lu

Titre original :

A BATTLE OF BRAINS

NOTE DE L'AUTEUR

L'Exposition universelle de Londres en 1851 fut l'occasion pour l'Angleterre de s'afficher comme le pays leader de la Révolution industrielle. Relativement lente à ses débuts, cette révolution atteint alors une nouvelle phase d'industrialisation qui ne cessera de se développer au cours de la seconde moitié du XIXe siècle avec l'éclosion d'industries nouvelles, la modernisation de l'agriculture, et une importance accrue accordée à l'éducation scientifique et technologique.

L'emploi de plus en plus généralisé d'outils de précision constitue l'un des triomphes technologiques les plus marquants de cette période tardive de la révolution industrielle. Grâce à la motorisation des machines, les industries produisent des biens en quantités jamais rencontrées jusqu'alors sur le marché. Multipliées par quatre entre 1765 et 1785, les importations de coton de la Grande-Bretagne quadruplent encore jusqu'en 1805 avant de tripler au cours des vingt années suivantes.

C'est également à cette époque que le chemin de fer, qui, comme je l'indique dans le roman, remporte un succès de plus en plus grand en Amérique, est introduit en Europe, marquant l'essor d'une nouvelle catégorie professionnelle : les ingénieurs.

Des industries totalement nouvelles apparaissent avec l'électricité, la photographie, les conserves alimentaires, l'exploitation du caoutchouc et du pétrole.

En 1824, sous l'influence du roi George IV et du grand amateur d'art sir George Beaumont, le gouvernement anglais fonde la National Gallery en acquérant 38 tableaux de maître, parmi lesquels des Raphaël, des Rembrandt et des Van Dick ayant appartenu au célèbre marchand et philanthrope russe, John Julius Angerstein, mort l'année précédente. À cette collection d'une valeur de 57 000 livres, le gouvernement ajoutera 16 autres tableaux, dont deux Rembrandt, quatre Le Lorrain et des œuvres de Rubens, Wilkie et Richard Wilson, gracieusement offerts par sir George Beaumont.

1

1873

Yolanda déposa un bouquet de fleurs sur la tombe de sa mère, presque surprise de sentir l'humidité sur sa joue. Elle avait déjà tant pleuré depuis le jour où elle avait appris l'horrible nouvelle qu'elle croyait son corps vidé de toutes ses larmes. Le cœur brisé, elle récita une dernière prière en fixant la pierre sombre et froide. Tout était arrivé si subitement ! Même là, debout face à sa tombe, elle s'attendait encore à voir sa mère apparaître, la prendre dans ses bras et la serrer tendrement contre son cœur comme chaque fois qu'elles se retrouvaient.

Trois jours ! Trois horribles jours s'étaient écoulés depuis le moment où la mère supérieure de l'école l'avait appelée dans son bureau pour lui annoncer l'affreuse nouvelle. Sur le moment , le choc avait été si violent que Yolanda avait dû s'agripper au bord du bureau pour ne pas s'effondrer au sol. Depuis la mort de son père quelques années auparavant, elle avait reporté toute son affection sur sa mère et ne parvenait pas à croire qu'elle aussi venait de la quitter, la laissant seule au monde.

– Votre beau-père vous prie de le rejoindre au plus vite, Yolanda, avait déclaré la mère supérieure après un long silence embarrassé. En embarquant pour Londres aujourd'hui, vous arriverez malheureusement trop tard pour les funérailles, mais il vous veut près de lui.

Yolanda se souvenait encore du petit frisson qui l'avait parcourue alors. Elle n'avait jamais ressenti beaucoup d'affection pour son beau-père et l'idée de se retrouver seule avec lui l'inquiétait. Mais puisqu'il lui ordonnait de rentrer, elle n'avait pas le choix...

Le temps d'empaqueter ses effets, de dire adieu aux professeurs et aux amies qui partageaient sa vie depuis des années, et elle quittait Paris, accompagnée par la vieille nonne que son beau-père lui avait envoyée comme chaperon. Écrasée de chagrin, elle n'avait quasiment pas ouvert la bouche au cours du voyage, les images du passé qui défilaient devant ses yeux lui rappelant sans cesse ses parents défunts et le temps béni de son enfance.

Tout lui paraissait si différent alors !

Son père, le comte de Longwood, était l'homme le plus charmant, le plus gentil et le plus cultivé qu'on pût rencontrer. En dépit des années, Yolanda n'avait toujours pas oublié son rire enjoué et l'élégante insouciance avec laquelle il traversait la vie. À l'époque, elle se considérait comme la plus heureuse des petites filles.

Pourtant, en grandissant, elle avait peu à peu compris que la situation de ses parents n'était pas aussi facile que leur constante bonne humeur le lui laissait supposer. Au lieu de la fortune attendue, le père de Yolanda n'avait hérité à la mort de son propre père, le cinquième comte du nom, que de dettes impressionnantes qui l'avaient bientôt contraint à vendre la maison de Londres ainsi que toutes les terres que possédait la famille depuis des siècles. L'argent ainsi obtenu suffisant à peine à rembourser les créanciers, il avait également fallu se séparer de la grande propriété familiale pour trouver de quoi vivre et s'installer plus modestement dans la vieille maison de Dower.

Si la mémoire de Yolanda ne la trahissait pas, c'est à peu près à l'époque de ce déménagement que son père fut gagné par le démon du jeu. Avec l'âge et une plus grande maturité, elle comprenait mieux désormais cette folie soudaine qui s'était emparée de lui, comme un effort désespéré pour récupérer tout ce qui lui avait été si injustement ôté.

Au début, la chance avait souri au comte. Courses, cartes, roulette, il gagnait à tous les jeux. Yolanda se souvenait encore du merveilleux sourire qui illuminait son visage quand il rentrait du casino et soulevait sa mère dans ses bras en criant :

– J'ai gagné ! J'ai gagné ! Je vais pouvoir te couvrir de bijoux comme tu le mérites.

Pas une fois, la mère de Yolanda ne refusa cadeaux et bijoux. Elle savait trop bien qu'un jour viendrait où elle devrait les vendre ou les mettre en gage pour affronter des périodes financièrement difficiles.

En revanche, ni elle ni Yolanda ne se trouvèrent jamais dans l'obligation de vendre les magnifiques vêtements que le comte leur achetait chaque fois qu'il gagnait.

– Vous serez toujours les plus belles, mes chéries, aimait à répéter celui-ci avec un regard adorateur. Et je veux que vos atours soient dignes de votre beauté.

Éperdue d'amour pour lui, la mère de Yolanda acquiesçait toujours à ses désirs. Même lorsque la situation devenait critique, elle ne perdait jamais sa gentillesse, ne condamnait jamais son mari.

Ces jours-là, le comte pénétrait lentement dans le salon, la tête basse, une ride soucieuse entre les deux yeux.

– J'ai perdu, annonçait-il gravement. Je n'arrive pas à comprendre comment la chance a tourné aussi rapidement.

– Tu demandes trop, mon chéri, répondait alors sa femme de sa douce voix. Tu as déjà gagné le mois dernier et le précédent. La chance ne peut pas te sourire chaque fois.

Parfois, il arrivait même qu'ils doivent quitter l'hôtel où ils séjournaient pour un endroit moins confortable, mais Yolanda et sa mère savaient que, tôt ou tard, le comte gagnerait de nouveau et les réinstallerait dans un palace.

Dans le train qui la conduisait vers Calais, la jeune fille se remémora la vie étrange et pleine d'imprévus que ses parents menaient à l'époque. Ils avaient vécu à Baden-Baden, qu'elle avait adoré, à Hambourg, et retournaient régulièrement à Londres où les amis de son père, ravis de les revoir, organisaient des fêtes somptueuses en leur honneur. Elle se souvenait de leur dernier séjour dans la capitale anglaise comme d'un rêve merveilleux. Son père, qui traversait une période faste, avait loué une magnifique maison dans le quartier le plus élégant de la ville. Ils menaient grand train, se promenaient en calèche découverte dans les parcs, assistaient aux courses de chevaux, organisaient des soirées et des bals...

Puis il fut question d'un nouvel hippodrome récemment ouvert à Paris dans le bois de Boulogne, et le comte annonça brusquement qu'ils partaient la semaine suivante.

– Je sais qui sera le gagnant de cette course, avait-il déclaré. Il nous rapportera une fortune.

Évidemment, sa femme avait acquiescé.

Ils descendirent dans un hôtel somptueux à proximité du bois. Pour la première fois de sa vie, Yolanda fut autorisée à accompagner ses parents aux courses et se réjouit du spectacle offert par les hommes en gibus et les femmes en crinolines dont l'excitation grandissait à mesure que les chevaux approchaient de la ligne d'arrivée. Des encouragements fusaient de toutes parts, les jumelles passaient fébrilement de mains en mains, et finalement de grands cris heureux ou dépités se mêlaient, indiquant la fin de la course.

Quand le cheval sur lequel il avait misé se mit en place, Yolanda sentit son père se raidir à côté d'elle. Elle savait qu'il s'agissait d'une jument très cotée que les connaisseurs considéraient déjà comme le champion de l'année.

À peine le départ était-il donné que les jockeys lançaient leurs montures à toute allure sur la piste. Yolanda, emportée par l'enthousiasme général, ne détacha pas ses yeux du spectacle une seconde... avant de les reporter sur le visage blême de son père, le dernier tour terminé. Un grondement désapprobateur s'éleva dans les gradins.

– C'est incroyable ! s'exclama le comte, furieux. Le favori n'est même pas placé dans les trois premiers. La course était sûrement truquée, et je compte bien sur une enquête pour le prouver.

En entendant ses paroles, le propriétaire du cheval, placé juste derrière lui, intervint. Yolanda ne comprit pas vraiment ce qui se passa entre eux, mais elle apprit, une fois de retour à l'hôtel, que son père et cet homme se battraient en duel à l'aube du jour suivant.

Sa mère était éplorée à cette perspective.

– C'est impossible, chéri, répétait-elle sans cesse. Tu ne t'es pas battu depuis des années ! En outre, ce Français a la réputation d'être un expert au tir.

– Je n'ai pas le choix, se défendait le comte. Il m'a lancé un défi et mon honneur est en jeu. D'ailleurs, n'oublie pas que par sa faute, et sans doute par sa malhonnêteté, nous avons presque tout perdu.

Mais la mère de Yolanda se moquait bien de l'argent ! Tout ce qui l'inquiétait, c'était la vie de son mari.

Le soir encore, juste avant qu'ils regagnent leur chambre, Yolanda l'entendit l'implorer de ne pas se rendre à ce duel.

– Tu sais aussi bien que moi que c'est impossible, avait refusé le comte. Je suis un gentleman et dois me comporter comme tel.

Comprenant qu'elle ne pouvait rien répliquer à un tel argument, la mère de Yolanda s'était contentée de baisser tristement la tête, les yeux remplis de larmes.

Au petit matin, elles avaient accompagné le comte jusqu'à la clairière où se déroulait le duel.

Quand il réapparut, un quart d'heure plus tard, ce dernier était lourdement appuyé sur l'épaule de son témoin qui l'installa avec difficulté dans la calèche. Appelés à son chevet à l'hôtel, les médecins diagnostiquèrent une mauvaise blessure qui ne tarda pas à s'infecter en dépit de leurs soins. Trois jours plus tard, le comte s'éteignait dans d'atroces souffrances.

Pour la mère de Yolanda, cette mort fut un choc terrible. En dépit de leurs problèmes financiers, elle avait aimé cet homme plus que tout au monde, et l'idée de continuer à vivre sans lui lui semblait insupportable. Seul son amour pour sa fille lui donna le courage de supporter cette épreuve. Mais d'autres soucis, plus matériels, l'attendaient.

Tout d'abord, elle dut se résoudre à enterrer son cher mari à Paris, ses moyens financiers ne lui permettant plus de payer le rapatriement de son corps en Angleterre. Puis, l'hôtel exigea le paiement de leur note qu'elle n'avait, évidemment, aucun moyen de régler.

– Oh, maman ! s'était exclamée Yolanda, le cœur serré de tristesse et d'angoisse. Qu'allons-nous devenir ? Crois-tu qu'ils vont nous envoyer en prison ?

En guise de réponse, sa mère avait enfoui son visage dans ses mains.

C'est alors que, tel un miracle, M. Garrack était apparu dans leur vie.

Il résidait dans le même hôtel et Yolanda l'avait remarqué pour la première fois le soir qui avait précédé la funeste course hippique. Il dînait à une table proche de celle de ses parents et ne cessait de regarder sa mère avec une admiration évidente.

À la fin du dîner, alors que le père de Yolanda se demandait s'il allait ou non se rendre au casino, M. Garrack s'était levé et s'était approché d'eux avant de s'incliner respectueusement en déclarant :

– Je m'appelle Oliver Garrack, et je vous prie de me pardonner l'audace que je prends à venir ainsi vous déranger au cours de votre repas…

– Je vous en prie, l'avait gentiment interrompu le comte. Si vous nous disiez plutôt ce qui nous vaut le plaisir…

Les yeux fixés sur la mère de Yolanda, son interlocuteur avait répondu :

– Ce soir m'a été donnée la chance de rencontrer la plus belle femme que j'aie jamais vue.

La comtesse s'était alors légèrement détournée pour dissimuler son embarras.

– Sur ce point, je ne peux que vous donner raison, avait acquiescé le comte. Après tant d'années de mariage, je ne regrette qu'une chose, c'est de ne pas avoir encore pu faire immortaliser sa beauté par l'un de nos plus grands maîtres.

– Quelle coïncidence ! s'était exclamé M. Garrack. C'est justement dans l'intention de vous faire une telle proposition que je me suis permis de vous aborder. Cela vous semblera peut-être quelque peu indélicat, mais je suis un grand admirateur d'art et de beauté, et je possède dans ma propriété de Londres une collection de tableaux des plus grands maîtres.

Après une pause, le regard toujours fixé sur la mère de Yolanda, il avait ajouté :

– Mais je dois avouer que parmi les modèles qui les ont inspirés, aucune, aussi belle soit-elle, ne peut prétendre à votre beauté, milady.

– C'est très flatteur de votre part, l'avait remercié la comtesse avec modestie.

– Il se trouve que l'un de nos meilleurs artistes se trouve actuellement à Paris, et je me demandais si vous m'autoriseriez à lui demander de réaliser votre portrait.

Pour toute réponse, la mère de Yolanda avait levé les yeux vers son mari.

– Nous sommes très flattés de votre offre, monsieur Garrack, avait alors déclaré ce dernier. Malheureusement, il nous faut la décliner, car nous ne sommes ici que pour les courses hippiques et regagnerons Londres dans quelques jours.

Après quelques secondes de réflexion, M. Garrack avait repris :

– Je dois également regagner Londres la semaine prochaine. Me permettriez-vous de vous rendre visite là-bas afin de poursuivre cet entretien ? Ce sujet est d'une importance capitale pour moi. Ce serait un honneur inestimable de pouvoir ajouter le portrait de votre femme à ma collection. Des générations d'amateurs d'art vous en seraient éternellement reconnaissants.

Le comte avait adressé un regard interrogateur à sa femme. Yolanda savait qu'ils étaient suffisamment proches l'un de l'autre pour lire dans leurs pensées, et sa mère n'eut pas besoin d'ouvrir la bouche pour que son mari comprenne qu'elle n'avait aucune envie de poser pour cet homme.

En fait, elle n'avait aucune envie de revoir M. Garrack.

Avec son tact habituel, le comte avait donc déclaré :

– Nous vous remercions de votre si généreuse proposition, que nous vous promettons de considérer très sérieusement. Mais, pour l'instant, ma femme est très occupée et je pense qu'il lui serait difficile de consacrer le temps nécessaire à un tel projet.

– Je comprends… Bien sûr, je comprends, avait acquiescé son interlocuteur, visiblement déçu. J'espère cependant qu'un jour mon rêve se réalisera et que le portrait de votre femme illuminera ma collection que je compte léguer à ma mort à la National Gallery.

Bien qu'il fût impressionné, le comte s'était contenté de hocher la tête en souriant.

– Je ne veux être dans aucune collection, chéri, avait déclaré la mère de Yolanda après le départ de M. Garrack. Juste dans la tienne.

– Une collection si petite actuellement qu'elle n'existe que dans mon imagination, avait répondu le comte en pouffant.

Sa femme avait ri de bon cœur avec lui et Yolanda s'était sentie soulagée à l'idée que M. Garrack ne viendrait plus les troubler dans leur intimité.

Pourtant, deux jours plus tard, c'était ce même homme qui avait volé à leur secours alors qu'elles se trouvaient au comble du désespoir.

Yolanda se souvenait encore de la voix étranglée de sa mère après que le garçon d'étage qui avait apporté la note d'hôtel fut sorti de la suite.

– Qu'allons-nous devenir, ma chérie ? s'était-elle lamentée. Il me reste encore ma bague de fiançailles, mais je doute que son prix suffise à payer l'hôtel.

Assise sur le canapé du salon, elle scrutait la feuille de papier qu'elle tenait dans la main comme si elle espérait y découvrir une erreur.

Soudain, quelqu'un frappa à la porte. Yolanda se leva immédiatement pour aller ouvrir et découvrit M. Garrack, une orchidée accrochée à sa boutonnière, qui demanda à voir sa mère.

– Désolée, répondit-elle, mais maman ne désire recevoir personne aujourd'hui…

Sans lui laisser le temps d'achever sa phrase, son interlocuteur la poussa légèrement sur le côté et entra dans le salon. Surprise, la comtesse redressa la tête, révélant un visage baigné de larmes.

– Ne pleurez pas, je vous en prie, déclara M. Garrack en s'agenouillant devant elle. Je ne supporte pas de vous voir malheureuse.

Craignant d'importuner sa mère par sa présence, Yolanda quitta la pièce. Depuis la chambre, elle pouvait entendre la voix grave et insistante de leur visiteur, mais elle ne comprenait pas ses paroles. Que voulait-il à sa mère dans un moment pareil ? La presser d'accepter qu'il fasse peindre son portrait serait totalement inconvenant.

Pendant quelques secondes, elle tenta en vain de suivre la conversation dans la pièce voisine, puis son esprit revint vers son père et la désastreuse situation dans laquelle sa mort les laissait, sa mère et elle. Pour la première fois, elle se demanda pourquoi ses parents entretenaient si peu de relations avec leurs proches. Elle savait que la famille de sa mère, noble et distinguée, vivait dans le nord de l'Angleterre, ce qui représentait une distance considérable, mais n'expliquait pas pourquoi elle n'avait jamais rencontré aucun de ses membres depuis sa naissance. Quant à son père, s'il lui restait encore quelques cousins, elle n'en avait jamais entendu parler.

« Il faut que j'interroge maman à ce sujet, se dit-elle. Peut-être que quelqu'un pourra nous aider à nous sortir de cette situation. »

Enfin, elle entendit M. Garrack prendre congé. Elle entrouvrit la porte.

– Je vous attendrai à huit heures dans la salle à manger, déclarait leur visiteur. Ce sera un véritable bonheur pour moi de vous avoir à ma table, vous et votre fille, milady.

Dès qu'il fut sorti, Yolanda entra dans le salon. Sa mère avait cessé de pleurer.

– Nous sommes sauvées, ma chérie, annonça-t-elle en prenant les mains de sa fille dans les siennes. J'ai tellement eu peur que nous allions en prison !

– Que s'est-il passé, maman ?

– Peut-être suis-je en train de commettre une erreur, et je sais que beaucoup de personnes risquent de juger ma conduite inconvenante, mais je n'ai pas eu d'autre choix que d'accepter la proposition de M. Garrack.

– Quelle proposition, maman ?

– Te souviens-tu qu'il voulait faire peindre mon portrait ? Eh bien, il m'a offert, si j'acceptais, de payer notre note d'hôtel et notre voyage de retour jusqu'à Londres.

La comtesse fit une pause avant de poursuivre doucement :

– L'artiste auquel il a l'intention de commander ce portrait a déjà réalisé celui de la princesse de

Galles et de plusieurs beautés célèbres, y compris Mlle Lillie Langtry.

– Oh, fit Yolanda, dubitative. C'est… très gentil de la part de M. Garrack, je suppose.

– Cet homme est la bonté même, répondit sa mère. Venir ainsi à notre secours alors qu'il nous connaît à peine ! C'est vraiment très généreux de sa part. Il m'a même dit que s'il avait appris à temps la mort de ton père, il se serait arrangé pour que son corps soit rapatrié en Angleterre et enterré dans le caveau de ses ancêtres.

Yolanda se souvint alors qu'elle n'avait effectivement pas revu M. Garrack dans la salle à manger de l'hôtel depuis le jour de la mort de son père. Sans doute se trouvait-il hors de Paris lors du duel et n'avait-il eu vent de ses funestes conséquences qu'à son retour.

Comme si elle avait lu dans ses pensées, sa mère reprit :

– M. Garrack n'est rentré à Paris qu'hier soir. Il m'a dit avoir éprouvé un terrible choc en apprenant ce qui était arrivé et compatit de tout cœur à notre peine.

Yolanda ne put s'empêcher de trouver cette réaction quelque peu exagérée venant d'un homme qui n'avait échangé que quelques paroles avec son père, mais, consciente de son ingratitude envers leur sauveur, elle garda cette remarque pour elle-même.

– Nous rentrerons à Londres demain, annonça sa mère. C'est un adieu à Paris, je ne veux plus jamais revoir cette ville… ni aucun gentleman français.

Ses yeux se mirent de nouveau à briller.

– Ne pleure pas, maman, la supplia Yolanda. Tu sais que papa détestait te voir triste. Je suis sûre que là où il se trouve il veille sur nous et que rien de mal ne pourra nous arriver.

– Tu as raison, acquiesça la comtesse avec un pauvre sourire. Peut-être n'est-ce pas par hasard si M. Garrack est apparu comme par miracle au moment où nous avions le plus besoin de sa générosité... Je lui ai proposé ma bague de fiançailles pour le dédommager, mais il l'a refusée.

Yolanda remercia silencieusement M. Garrack. Après la mort de l'homme qu'elle aimait tant, la comtesse aurait eu le cœur brisé si elle avait dû en plus se séparer d'un bijou qui signifiait tant pour elle. La jeune fille n'avait pas oublié les confidences que sa mère lui avait faites concernant sa rencontre avec son père. Ils s'étaient aimés au premier regard, victimes d'un coup de foudre fulgurant qui les avait poussés l'un vers l'autre de façon inéluctable. Leurs fiançailles n'avaient d'ailleurs duré que peu de temps tant ils étaient impatients de se marier.

– C'est papa qui nous a envoyé M. Garrack, dit-elle pour réconforter sa mère. Et il continuera à nous protéger quand nous serons rentrées en Angleterre.

En fait, ce fut encore M. Garrack qui leur permit de ne pas sombrer dans la misère après leur retour en Angleterre en leur prêtant une magnifique demeure qu'il possédait à Londres dans Park Lane. Il prit également leurs affaires en charge en détaillant les comptes et les actes de propriété du comte dans l'espoir de trouver une source de revenus. Malheureusement, ses efforts s'avérèrent vains, et il fallut bientôt abandonner la maison de Dower, hypothéquée depuis plusieurs années, à la banque.

Maintenant, en regardant en arrière, Yolanda comprenait que c'est à cette époque que sa mère et elle devinrent totalement dépendantes de M. Garrack. Dépourvues de ressources, comment auraient-elles pu agir autrement ? En outre, il fallait bien reconnaître que, hormis le portrait de la comtesse, leur protecteur n'avait jamais rien réclamé en retour de ses bienfaits.

Mais une fois la période de deuil écoulée, il devint plus présent, insista pour que la comtesse et sa fille recommencent à sortir en société, à rencontrer du monde. Il les invitait systématiquement aux soirées qu'il organisait chez lui et Yolanda sentait combien il était fier de la beauté de sa mère, mais aussi de son titre.

– J'ai l'honneur de vous présenter la comtesse de Longwood, aimait-il dire à ses amis, qui, outre la plus belle femme du monde, est également ma plus chère amie.

Quant à elle, il ne manquait jamais une occasion de l'appeler lady Yolanda Wood en appuyant de façon un peu trop évidente sur le *lady*.

La saison londonienne terminée, beaucoup d'aristocrates regagnèrent leurs demeures familiales à la campagne ou en Écosse, et Yolanda ne put s'empêcher de poser à sa mère la question qui la tracassait depuis la mort de son père.

– Maman, pourquoi ne contactons-nous pas les membres de notre famille dans le Nord ? Je serais très heureuse de les rencontrer.

La comtesse demeura silencieuse un instant comme si elle cherchait sa réponse. Enfin, elle déclara d'un ton embarrassé :

– Je crois qu'il est temps que tu saches la vérité à ce sujet, ma chérie. Ma famille ne m'a jamais pardonné d'avoir épousé ton père. En fait, ils avaient prévu de me marier à un homme très riche et très distingué, mais beaucoup plus âgé que moi.

– Et tu as refusé, évidemment.

– Évidemment. J'étais bien trop amoureuse de ton père pour envisager de partager ma vie avec un autre homme. Malheureusement, mes parents ne l'ont pas compris, et ils se sont montrés très froids envers ton père et moi après notre mariage. Finalement, nous avons cessé de les voir.

– Pauvre maman ! Cela a dû être affreux ! Ils ont dû te manquer énormément.

La comtesse poussa un soupir.

– Pour être franche, j'étais bien trop heureuse avec ton père pour éprouver le moindre regret. Mes rapports avec mes parents n'avaient jamais été très chaleureux, tu sais. Ils menaient une vie très mondaine, et je crois que leurs enfants les ennuyaient un peu. Surtout moi qui étais la dernière des quatre.

– J'ai du mal à imaginer des parents comme cela, fit Yolanda en fronçant les sourcils. Papa et toi avez toujours été tellement gentils avec moi ! Je n'ai jamais eu l'impression de vous déranger.

– Déranger ? se récria la comtesse. Tu veux dire, à l'inverse, que tu étais une source de joie inépuisable pour nous. La manifestation concrète de notre amour. Je ne regrette qu'une chose, c'est de n'avoir pas eu le temps de donner d'autres enfants à ton père. Un fils surtout, pour que le titre ne se perde pas.

Elle s'arrêta un instant, le regard vague, avant de reprendre avec un soupir :

– Mais peut-être valait-il mieux qu'il en soit ainsi ! De toute façon, il n'y a plus de comté à transmettre.

– Sommes-nous réellement sans aucune ressource, maman ?… Je veux dire, à l'exception de ce que nous donne M. Garrack ?

La mère de Yolanda hocha tristement la tête.

– Aucune, répondit-elle. Et franchement, je me sens extrêmement gênée de vivre ainsi de sa générosité. Mais il ne cesse de me répéter que sa vie s'est transformée depuis qu'il nous a près de lui et me supplie de ne pas partir nous installer ailleurs. Il m'a même proposé que nous déménagions dans sa propre maison. Il dit qu'elle est assez grande pour que nous ne nous dérangions pas et qu'ainsi il pourrait plus facilement veiller sur nous deux.

Yolanda leva un regard surpris vers sa mère. En fait, elle n'avait jamais aimé M. Garrack et l'idée de vivre sous le même toit que lui ne la réjouissait guère. Mais, par respect pour lui et la bonté dont il avait fait preuve à leur égard, elle se contenta de remarquer :

– C'est très gentil de sa part.

Il s'écoula moins de deux semaines entre cette conversation et le moment où la comtesse et sa fille s'installèrent effectivement chez leur bienfaiteur.

Yolanda commençait à peine à s'habituer à cette nouvelle vie, quand il fut soudain question de l'envoyer poursuivre ses études en France. Selon M. Garrack, l'éducation d'une jeune fille de l'aristocratie devait être confiée à des mains plus compétentes que celles d'une simple gouvernante, et il opta pour l'Institution Notre-Dame, dans la banlieue de Paris, qui accueillait uniquement les filles des familles les plus respectables de France et d'Europe.

Les protestations de Yolanda restèrent sans effet. Avant même qu'elle ait pu réellement comprendre ce qui se passait, elle se retrouva dans une calèche en partance pour Douvres, accompagnée d'un chaperon.

Heureusement, le collège méritait sa réputation. La qualité de l'enseignement dispensé non seulement par les religieuses qui le dirigeaient, mais aussi par des professeurs laïques venus de l'Europe entière, lui permit d'oublier sa peine. Elle se concentra sur ses études, obtenant des notes remarquables dans toutes les matières et des bulletins qui auraient rempli de joie et de fierté n'importe quel parent.

Mon enfant chérie, lui écrivit sa mère, ravie, *je suis heureuse que tu te plaises au collège et que tu profites des leçons qui te sont offertes. Ton père serait très fier de toi, lui que j'ai entendu si souvent regretter de ne pas avoir les moyens financiers de t'envoyer dans les meilleurs établissements d'Europe. De là où il se trouve, je suis sûre qu'il remercie M. Garrack d'avoir réalisé son souhait.*

Ce dernier se joint d'ailleurs à moi pour t'embrasser et me demande de te prévenir qu'il te réserve une surprise à la hauteur de tes résultats scolaires pour la fin du trimestre.

Yolanda éprouva un léger malaise à la lecture de ces dernières lignes. Était-ce parce qu'elle ne parvenait pas à aimer M. Garrack qu'elle se sentait toujours redevable envers lui ? Elle avait le sentiment qu'un jour viendrait où elle devrait rembourser tous ses bienfaits, et aurait préféré qu'ils se limitent au minimum.

En fait, ce qu'elle redoutait depuis le départ se confirma un an et demi plus tard quand sa mère lui annonça par courrier son prochain mariage avec M. Garrack.

Ma chère enfant, se justifiait celle-ci, *tu sais que je n'aimerai jamais aucun homme comme j'ai aimé ton père, mais je dois penser à toi et à l'avenir. Sans argent, sans maison et sans personne sur qui compter, nous serions aujourd'hui dans une situation extrêmement précaire si M. Garrack ne nous avait pas soutenues. C'est pourquoi je considère comme un juste remerciement de sa bonté envers nous d'essayer de le rendre heureux.*

Il t'aime comme sa propre fille et m'a assuré qu'il ferait toujours tout ce qui est en son pouvoir pour te donner ce que tu mérites. Je le connais suffisamment désormais pour ne pas douter un instant de sa parole.

Je sais que ton père, qui désirait ton bonheur et le mien plus que tout au monde, approuverait mon choix.

De cela, Yolanda ne doutait pas un instant… Ce qui ne modifiait en rien ses sentiments concernant l'union de sa mère avec M. Garrack…

Cette année-là, elle ne rentra en Angleterre que pour la cérémonie du mariage et les vacances d'été. M. Garrack et sa nouvelle épouse avaient alors quitté Londres pour mener une vie plus paisible dans leur manoir provincial. Lors de ce retour, Yolanda trouva sa mère vieillie et moins heureuse qu'elle l'avait été avec son premier mari, en dépit de l'amour évident que lui portait M. Garrack. Il lui suffisait de formuler un souhait pour qu'il mette tout en œuvre pour l'exaucer, sa sollicitude s'étendant également à Yolanda à laquelle il offrit une nouvelle garde-robe, un piano, et surtout, ce qu'elle désirait plus que tout au monde : un magnifique pur-sang.

Étonnée de le voir dépenser autant d'argent sans l'ombre d'une hésitation, la jeune fille ne put s'empêcher de questionner sa mère sur l'origine de sa fortune.

– Il a gagné cet argent grâce à son travail, répondit celle-ci. Né au sein d'une famille modeste, il s'était juré de devenir riche et a réussi au-delà de ses espérances puisqu'il fait aujourd'hui partie des hommes les plus fortunés du pays.

– Vraiment ? s'étonna Yolanda.

– C'est ce qu'il m'a dit. De toute façon, d'après son train de vie, il est évident qu'il est milliardaire.

Il suffit à Yolanda de songer aux magnifiques bijoux que possédait sa mère pour comprendre qu'elle avait raison. Le coffre de sa chambre était rempli de perles, de diamants, de saphirs et de rubis montés en bagues, colliers, bracelets et pendants d'oreilles issus de l'imagination des plus grands joailliers d'Europe. Elle-même avait reçu pour Noël un manteau de fourrure, un collier de perles fines et deux nouveaux chevaux.

Il les couvrait de cadeaux et ne manquait jamais une occasion de leur faire plaisir… Ce qui rendait encore plus incompréhensibles à Yolanda ses propres sentiments à son égard. Pourquoi malgré son désir de l'aimer et de se sentir reconnaissante ne parvenait-elle pas à se débarrasser de sa méfiance envers son beau-père ? Elle avait beau se répéter que jamais rien n'avait confirmé ses soupçons depuis le jour où il était apparu dans leur vie, elle continuait à croire qu'il trichait et affichait une personnalité qui n'était pas la sienne.

Bien sûr, elle ne s'était jamais autorisée à confier ses doutes à sa mère que la perte de son premier mari avait rendue excessivement fragile. Soucieuse de l'épargner, elle s'efforçait au contraire de paraître toujours joyeuse, parcourant chaque jour de longues distances à cheval dans les bois pour pouvoir supporter l'ambiance froide de la grande bâtisse à son retour.

Finalement, c'est avec soulagement qu'elle était repartie pour le collège.

Et voilà que six mois plus tard, elle revenait à nouveau dans d'atroces circonstances !

Les yeux toujours fixés sur la tombe de sa chère maman, elle se demanda comment elle parviendrait à vivre sans elle dans cette demeure qu'elle détestait tant. Car son beau-père avait été formel : maintenant qu'elle était de retour, il la garderait près de lui et prendrait personnellement soin d'elle jusqu'à sa majorité.

Yolanda ne pouvait s'empêcher de se sentir coupable de sa froideur à son égard en songeant à la manière dont il l'avait accueillie. Il s'était montré tellement compréhensif, tellement chaleureux !

– Je vous ai envoyé chercher, avait-il expliqué parce que je savais que n'ayant pu assister aux funérailles de votre mère, vous souhaiteriez vous rendre sur sa tombe le plus rapidement possible.

– C'est très gentil de votre part, avait-elle répondu. Et je vous en remercie beaucoup.

Mais au fond d'elle-même, elle n'éprouvait aucune reconnaissance pour cet homme qu'elle considérait toujours comme un inconnu.

Plusieurs jours s'étaient écoulés depuis son retour, et Yolanda se sentait toujours comme une étrangère dans la maison de son beau-père. En outre, elle détestait les regards dont celui-ci la couvrait chaque fois qu'ils se retrouvaient ensemble. Elle savait qu'elle avait beaucoup changé depuis la dernière fois qu'ils s'étaient vus et que ses dix-huit ans faisaient d'elle une véritable femme, mais elle lui en voulut de le remarquer lorsqu'un soir il déclara au cours du dîner :

– Vous êtes très jolie. Pas autant que votre mère, bien sûr, mais suffisamment pour tourner la tête de n'importe quel jeune homme.

Mal à l'aise, Yolanda baissa la tête vers son assiette. Elle sentait son beau-père la scruter avec intérêt comme il le ferait d'une chose dont il estimerait la valeur. Un désagréable sentiment de honte et de dégradation s'empara d'elle. Incapable de le supporter plus longtemps, elle détourna le cours de la conversation.

– Maintenant que je suis de retour, dit-elle, je compte essayer de me rendre utile. Une des élèves du collège a ouvert un orphelinat dans sa région à la fin de ses études. Il paraît que c'est une grande réussite.

À sa surprise, son beau-père éclata de rire.

– Ne vous souciez pas de trouver un travail, fit-il avec assurance. J'ai déjà quelque chose pour vous.

– De quoi s'agit-il ? s'enquit Yolanda, intriguée.

– Je vous en parlerai le moment venu. Et j'espère que cela vous intéressera.

La jeune fille sentit son estomac se nouer. D'où lui venait ce terrible pressentiment que le choix de son beau-père lui répugnerait ?

Une fois dans sa chambre, elle se jeta sur son lit et éclata en sanglots. Elle se sentait si seule sans sa mère ni personne pour l'écouter et la conseiller ! Elle aurait voulu fuir, prendre en main son avenir au lieu de laisser son beau-père décider pour elle. Mais où pourrait-elle aller sans travail et sans argent ? Elle n'avait même pas un ami ou un parent sur qui compter.

– Oh, maman ! Si tu savais comme j'ai peur, dit-elle à voix haute. Je t'en prie, où que tu sois, viens-moi en aide. Vite.

2

Yolanda entra dans le petit boudoir et balaya la pièce du regard avec un soupir. C'était là l'endroit préféré de sa mère. Là où elle passait le plus clair de son temps, lisant et relisant les nombreuses lettres de sa fille, là où Yolanda la retrouvait chaque fois qu'elle rentrait pour les vacances. Finalement, ce n'était pas si difficile de l'imaginer, assise sur le petit fauteuil en tapisserie rose près de la cheminée, la tête penchée sur un livre ou un ouvrage de broderie. En entendant Yolanda entrer, elle lèverait les yeux, sourirait…

Le cœur de la jeune fille se serra douloureusement. Non, il ne servait à rien de se leurrer. Sa mère était morte et le silence seul remplaçait sa douce voix… Elle marcha jusqu'au petit bureau en bois de rose où sa mère écrivait son courrier. Dans le premier tiroir, elle trouva toutes les lettres qu'elle lui avait envoyées de France pendant ses deux ans d'études. Quel plaisir elle prenait alors à lui raconter par le menu ses activités au collège ! Elle voulait tout partager avec elle, ses nouvelles rencontres, sa vie quotidienne, l'enseignement qu'elle recevait…

Elle commença à ouvrir une enveloppe, puis la referma. À quoi bon ? Tout cela appartenait au passé maintenant. Relire ces lettres remplies d'amour ne servirait qu'à attiser sa douleur.

La gorge nouée, elle se dirigea vers la porte-fenêtre qui ouvrait sur le parc. Comme d'habitude, la vision de la nature l'apaisa un peu. Les feuilles des grands chênes scintillaient comme des joyaux sous le soleil printanier. De magnifiques bosquets de roses, d'iris et de tulipes égayaient de leurs couleurs vives les pelouses soigneusement tondues.

« Encore un exemple de ce que l'argent permet d'obtenir, songea la jeune fille avec amertume. Mon beau-père est tellement riche ! Si seulement papa avait eu le dixième de sa fortune, il aurait pu restaurer notre maison et nous y aurions vécu heureux ensemble. »

Sa mère ne lui en avait jamais parlé, mais elle savait qu'elle aussi avait souvent dû penser cela. D'ailleurs, comment n'y aurait-elle pas pensé en voyant M. Garrack dépenser chaque jour des sommes faramineuses alors que son cher mari avait été poursuivi jusqu'à sa mort par les problèmes financiers ?

Yolanda fut brusquement sortie de ses pensées par l'entrée du majordome qui annonça :

– Milady, Monsieur vous demande de bien vouloir le rejoindre dans son bureau.

– Merci. J'y vais immédiatement, répondit-elle, légèrement surprise.

Depuis son retour, c'était la première fois que son beau-père la convoquait dans son bureau. Cela avait-il un rapport avec le travail dont il lui avait parlé la veille ? Son cœur se mit à battre un peu plus fort. De quoi s'agissait-il exactement ? N'était-ce pas surprenant qu'il ait déjà envisagé une activité pour elle si peu de temps après la mort de sa mère ?

Le bureau de M. Garrack était entièrement recouvert de boiseries. Les meubles style Régence sortaient des mains des plus grands ébénistes londoniens et des noms prestigieux avaient signé les grandes toiles accrochées aux murs. Yolanda avait été très impressionnée la première fois qu'elle avait pénétré dans cette pièce et s'était même étonnée de la qualité des goûts artistiques de son beau-père. Aujourd'hui, trônait au-dessus de la grande cheminée de pierre le portrait de sa mère, réalisé par l'un des plus grands artistes de l'époque.

– Vous désiriez me voir, beau-papa ? demanda-t-elle en s'approchant du bureau de M. Garrack.

Celui-ci désigna le fauteuil face à lui.

– Oui, asseyez-vous, je vous en prie.

Yolanda s'exécuta et attendit, anxieuse.

– Hier soir, vous m'avez dit que vous souhaitiez travailler, commença son beau-père. Il se trouve que j'ai justement quelque chose à vous proposer. Il s'agit d'une tâche délicate, mais je pense que vous êtes suffisamment intelligente pour la mener à bien.

– Je serais ravie de vous être utile, beau-papa. Je n'oublie pas que j'ai reçu, grâce à vous, la meilleure éducation qui puisse être donnée à une jeune fille de bonne famille, et je ne vous en serais jamais assez reconnaissante.

– Vos résultats ont prouvé que ce n'était pas de l'argent gaspillé. Vous êtes une très bonne élève, et je suis heureux que vous parliez couramment plusieurs langues. Ceci pourra nous être très utile à tous deux.

Yolanda sentit l'excitation la gagner. Le travail que lui réservait son beau-père lui permettrait-il de voyager ? De rencontrer des gens venus d'autres horizons ?

– J'espère que je saurai me montrer digne de votre confiance, fit-elle, craignant soudain de ne pas être à la hauteur.

– En fait, la tâche que je prévois de vous confier demande plus d'intelligence que de culture. Ce soir, je dois recevoir un ami dénommé Harpole qui, comme moi, éprouve un intérêt particulier pour toutes les nouveautés techniques qui apparaissent un peu partout dans le monde. Êtes-vous au courant de cela ?

– Voulez-vous parler de ce qu'on nomme la « Révolution industrielle » ?

M. Garrack haussa un sourcil.

– Ainsi, vous en avez entendu parler, remarqua-t-il, surpris. Je n'aurais jamais cru que l'on enseignait ce genre de choses dans un collège de jeunes filles.

– Les Français sont très intéressés par tous ces progrès et les échanges commerciaux qu'ils entraînent. Nos professeurs nous ont décrit les nouvelles industries qui se créent dans les pays d'Europe mais aussi en Amérique.

– Parfait, commenta M. Garrack avec une moue approbatrice. J'en suis d'autant plus ravi que cela vous aidera à mieux comprendre ce que j'attends de vous.

– C'est-à-dire ? demanda Yolanda, de plus en plus impatiente.

– Puisqu'ils vous ont présenté les nouvelles découvertes technologiques, vos professeurs vous ont peut-être parlé des nouvelles coques en acier ?

– Vous voulez dire qu'on fabrique aujourd'hui des bateaux en acier !

– On en fabrique depuis 1867, date à laquelle le premier navire en acier sorti des chantiers navals de Liverpool a traversé l'Atlantique. Aujourd'hui, les coques en acier se généralisent, et la Royal Navy a déjà construit deux navires de ce type.

Yolanda eut un petit sourire amusé.

– C'est drôle, beau-papa. Je n'imaginais pas que vous vous intéressiez aux bateaux.

M. Garrack s'esclaffa.

– Je m'intéresse à tout ce qui peut me rapporter de l'argent, rectifia-t-il. Et je suis certain que c'est le cas des coques en acier. L'Angleterre a pris beaucoup d'avance dans ce domaine. Il est donc normal de prévoir que nombre d'armateurs étrangers s'adresseront à nous tant que leurs propres pays n'auront pas comblé leur retard technologique. Ce qui signifie des exportations importantes et très lucratives pour les quelques années à venir.

– Je comprends, acquiesça Yolanda.

Ce qu'elle comprenait moins, c'est pourquoi son beau-père l'entretenait de tout cela.

– M. Harpole, notre invité de ce soir, reprit M. Garrack, a l'intention d'acheter un chantier naval reconverti dans les coques en acier. Ce que j'aurais besoin de connaître, c'est le prix qu'il est prêt à payer pour cette acquisition.

– Pourquoi ne le lui demandez-vous pas ?

– Il me semble que vous ne m'avez pas vraiment compris, fit M. Garrack en secouant la tête. Il se trouve que, moi aussi, je suis intéressé par ce chantier naval. Et bien sûr, je préférerais que ce soit moi, plutôt que mon ami, qui en devienne le propriétaire.

Yolanda plissa le front, consciente que quelque chose d'important lui échappait dans les paroles de son interlocuteur.

– M. Harpole, poursuivit celui-ci, ignore mon intention d'acheter ce chantier. Il a demandé à me voir ce soir pour connaître mon avis sur cette affaire.

– Sera-t-il fâché en apprenant que vous êtes son concurrent ?

– Il sera surtout fâché si c'est moi qui gagne. Mais, de toute façon, il n'en saura rien avant son retour du Canada où il doit partir travailler plusieurs mois.

– Tout cela me semble bien compliqué, beau-papa, remarqua Yolanda. En tout cas, je vous souhaite de réussir et d'obtenir le chantier naval.

– Cela ne dépend que de vous, ma chère enfant.

La jeune fille écarquilla les yeux de surprise.

– De moi ! s'exclama-t-elle. Comment cela ?

– C'est justement ce que je veux vous expliquer. Ce soir, au cours du dîner, je servirai à M. Harpole le meilleur vin de ma cave. Ensuite, nous prendrons le café, et, comme votre mère avait l'habitude de le faire, vous nous quitterez quand nous passerons au salon pour déguster quelques liqueurs. Ce que j'aimerais, c'est qu'avant de regagner votre chambre, vous fassiez un petit détour par celle de M. Harpole.

– Vous voulez que j'entre dans sa chambre ! demanda Yolanda, incrédule. Mais dans quel but ?

– M. Harpole laissera sa mallette dans sa chambre avant de descendre dîner. Elle sera fermée à clé, mais j'en connais la marque et je vous donnerai une clé permettant de l'ouvrir. À l'intérieur, vous trouverez certainement des notes et des courriers concernant ses affaires en cours. Je compte sur vous pour les parcourir et découvrir le maximum d'informations se rapportant aux chantiers navals Doxford.

Yolanda n'en croyait pas ses oreilles ! Bouche bée, elle écouta son beau-père poursuivre :

– Une fois ces informations recopiées, vous pourrez aller vous coucher et dormir tranquillement jusqu'au lendemain matin.

– Mais…

– Ne vous inquiétez pas, coupa M. Garrack, croyant avoir deviné la cause du trouble de sa belle-fille, M. Harpole ne remontera pas avant que vous ayez terminé. Mon porto est assez bon pour le retenir au salon jusqu'au petit matin.

– Ce… ce n'est pas cela qui m'inquiète, parvint à articuler Yolanda.

– Alors, quoi ?

– Vous… vous voulez que j'espionne l'un de vos amis ?

M. Garrack eut un petit claquement de langue contrarié.

– Espionner ! En voilà un bien grand mot alors qu'il ne s'agit que de s'informer, répliqua-t-il. Ce que je vous demande de faire est extrêmement banal dans le monde des affaires. En outre, c'est le seul moyen que j'aie pour connaître le montant de l'offre d'achat de Harpole et proposer plus.

– Mais c'est malhonnête ! protesta Yolanda. Surtout si M. Harpole est l'un de vos amis.

– Je vous en prie, Yolanda, épargnez-moi vos sermons, se fâcha son beau-père. Ce genre de morale est ridicule quand il s'agit d'affaires. En outre, Harpole ne cherche pas à acquérir ce chantier naval pour lui-même, mais pour le compte d'une compagnie américaine.

Il émit un petit ricanement avant d'ajouter :

– Bien sûr, j'aurais pu lui proposer de travailler pour moi en lui versant la même commission que les Américains sur cette transaction. Mais je n'ai pas assez confiance en lui pour prendre ce risque.

– Il est vrai que j'ignore tout du monde des affaires et que mon jugement est peut-être erroné, concéda Yolanda. Mais cela ne change rien au fait que je répugne à jouer les espionnes.

M. Garrack s'adossa à son fauteuil et plongea son regard dans le sien.

– Que cela vous répugne ou non n'est pas le problème, déclara-t-il d'un ton glacial. Tout ce qui m'importe, c'est que vous fassiez ce que je vous demande. Et que vous le fassiez bien.

La jeune fille secoua la tête.

– Désolée, beau-papa, mais c'est impossible.

– Impossible ? Et pourquoi donc ?

– Parce que ce serait malhonnête. D'ailleurs, je suis certaine que si vous lui demandiez simplement le prix qu'il propose pour l'achat du chantier naval, M. Harpole vous répondrait.

M. Garrack leva les yeux au ciel.

– Ma chère enfant ! Comment peut-on être aussi naïve ? Bien sûr, que mon ami Harpole me répondrait. Mais je peux vous assurer que le montant qu'il m'indiquerait n'aurait aucun rapport avec la réalité.

– Cela signifie qu'il vous mentirait ?

– Évidemment. C'est un homme d'affaires, lui aussi. Nous jouons suivant les mêmes règles. Si je commettais l'erreur de l'informer de mes intentions par une question directe, il s'empresserait de me contrecarrer par tous les moyens, notamment en me déconsidérant auprès des chantiers navals en question.

– Mais ce serait malhonnête et illégal, remarqua Yolanda, choquée.

– Officiellement, il n'y a rien d'illégal. Ce qui explique pourquoi je dois agir dans l'ombre.

M. Garrack baissa la voix pour ajouter :

– Ni mon secrétaire, ni mon avocat ne sont au courant de mes projets. Pour éviter tout risque de fuite, j'ai décidé de ne les informer qu'après ma rencontre avec le propriétaire des chantiers.

Il fit une pause et regarda Yolanda, dans l'attente de son assentiment.

– Je suis désolée, fit alors celle-ci avec embarras. Mais je suis sûre que maman n'aimerait pas ça.

– Votre mère, que j'adorais, répliqua M. Garrack, ne connaissait rien au monde des affaires. En outre, vous savez comme moi qu'elle m'aurait aidé et soutenu si je le lui avais demandé.

Consciente que son beau-père avait raison, Yolanda déclara :

– En tout cas, mon père, lui, aurait refusé d'agir ainsi. Il aurait trouvé cela aussi répréhensible que de tricher aux cartes.

– Si votre père avait triché un peu, il ne serait pas mort aussi pauvre ! répliqua sèchement M. Garrack.

Devant le silence réprobrateur de Yolanda, il se hâta d'ajouter d'un ton plus doux :

– Cessons là cette discussion stupide. Tenez, voici les clés de la mallette de M. Harpole.

La jeune fille contempla un instant le trousseau qu'il lui tendait et secoua la tête.

– Désolée, beau-papa, mais je ne peux pas. J'aurais l'impression de commettre un péché.

Pendant quelques secondes, M. Garrack se contenta de la fixer en silence. Puis, d'une voix froide et posée, il déclara :

– Très bien, vous avez des principes et c'est votre droit. J'espère simplement qu'ils ne vous empêcheront pas de trouver un travail. Jolie comme vous l'êtes, vous ne risquez pas de mourir de faim. Mais je crains que les emplois qu'on vous proposera fassent plus appel à vos charmes qu'à votre intelligence.

Yolanda poussa un petit cri effrayé.

– Beau-papa !... Voulez-vous dire que... vous ne ferez plus rien pour moi ?

– J'ai déjà fait beaucoup pour vous, il me semble. Et comme vous ne semblez pas disposée à m'en remercier lorsque l'occasion se présente, je ne vois aucune raison de continuer.

– Mais vous savez que je n'ai pas d'argent... ni d'endroit où aller.

M. Garrack haussa les épaules.

– C'est votre problème, dit-il. Ce qui ne m'empêche pas de penser que votre mère serait très contrariée de vous savoir à la rue.

– Beau-papa ! Comment pouvez-vous agir ainsi ! Vous savez que maman serait folle d'inquiétude.

– Je serai inquiet, moi aussi, répondit tranquillement M. Garrack. Mais comment faire autrement ? Nous ne pouvons pas continuer à vivre sous le même toit alors que vous méprisez mes méthodes et que je vous considère comme une ingrate.

La jeune fille baissa les yeux, consciente que son beau-père avait gagné.

– Très bien, beau-papa, dit-elle d'une voix fluette. Vous savez que je n'ai pas les moyens de me battre… Je ferai ce que vous me demandez.

– J'étais sûr que vous reviendriez à la raison. Et croyez que j'en suis ravi. Tenez, prenez les clés.

Les yeux toujours baissés, Yolanda s'exécuta.

– Maintenant que vous savez ce que j'attends de vous, reprit son beau-père, nous pouvons oublier cette conversation.

Il se leva pour ajouter :

– Dans l'immédiat, j'aimerais que vous me suiviez. J'ai un cadeau pour vous. On m'a assuré que du sang arabe coulait dans ses veines et que seul un véritable cavalier serait capable de le monter.

– Un nouveau cheval ! s'exclama Yolanda.

Elle regretta immédiatement d'avoir laissé paraître son enthousiasme.

– J'étais certain que ce présent vous ferait plaisir, fit M. Garrack avec satisfaction. J'ai d'ailleurs demandé au garçon d'écurie de le seller pour vous. Connaissant votre passion pour les chevaux, j'imagine que vous voudrez le monter immédiatement.

Yolanda lança son cheval au galop à travers bois et inspira à pleins poumons dans l'espoir que le vent chasserait l'horrible malaise qui la tenaillait. De toute évidence, son beau-père n'avait pas douté un instant de sa victoire et le magnifique destrier qu'il venait de lui offrir symbolisait cette certitude. Une désagréable sensation de dégoût l'envahit à l'idée d'avoir vendu ses principes pour un pur-sang. Mais quel autre choix avait-elle ? À dix-huit ans, elle ne connaissait rien d'autre de la vie que les maisons de famille, les hôtels luxueux et le collège. Comment aurait-elle pu envisager de survivre seule dans les rues de Londres et de trouver un emploi ?

Au cours du dîner, M. Garrack, aussi à l'aise qu'à l'accoutumée, parla de choses et d'autres. Yolanda lui répondit le plus aimablement possible, mais son esprit ne cessait de penser à la tâche dégradante qu'il lui avait confiée. Plus elle y songeait, moins elle se sentait capable de la mener à bien. Quand, enfin, elle put quitter la table et regagner sa chambre, elle s'assit sur son lit, la tête entre les mains, et chercha une fois encore un moyen de s'y soustraire.

Avec son éducation, elle trouverait peut-être un emploi de gouvernante. Mais où s'adresser ? Et surtout comment vivrait-elle entre le moment de son départ de chez son beau-père et le jour où enfin elle serait embauchée ? Des mois entiers risquaient de s'écouler entre ces deux dates…

– Oh, papa, pardonne-moi, murmura-t-elle entre deux sanglots, je manque de courage. Ce monde est difficile. Seuls les hommes peuvent y agir à leur gré. J'ai tellement peur si je me soustrais à l'autorité de mon beau-père de retomber sous une tutelle plus cruelle !

Le lendemain, Yolanda s'éveilla l'estomac noué à l'idée de la visite de M. Harpole. Heureusement, quand celui-ci arriva, elle le trouva assez antipathique et grossier pour apaiser ses remords. De toute évidence, cet homme n'aurait pas hésité une seconde à tromper son beau-père s'il en avait éprouvé le besoin.

Avant de descendre dîner, elle enfila une longue robe d'organdi vert pâle qui soulignait les reflets dorés de ses cheveux blond vénitien. Malgré son insistance, son beau-père avait refusé de lui acheter des vêtements noirs pour qu'elle porte le deuil de sa mère.

– Pas de noir ! avait-il déclaré d'un ton sans appel. Je n'ai pas envie de vous voir ressembler à un corbeau, et je suis sûr que votre mère partagerait mon avis.

Se souvenant que sa mère avait effectivement refusé qu'elle s'habille en noir après la mort de son père, Yolanda n'avait pas insisté. Aujourd'hui, sa garde-robe se composait essentiellement des magnifiques robes que sa mère lui envoyait régulièrement à l'époque où elle était au collège. Celle qu'elle portait ce soir faisait d'ailleurs partie du dernier colis qu'elle avait reçu, accompagné d'une lettre remplie de tendresse.

Ma chère enfant,

Je n'ai pas pu résister à l'envie de t'acheter ces deux robes que j'ai trouvées dans une adorable boutique de Bond Street en me promenant hier. Les vitrines sont magnifiques, et je t'imagine souvent dans chaque nouveau modèle que je découvre. J'espère que mon choix te plaira, et je joins à ces vêtements tout mon amour et ma tendresse.

Ton beau-père t'embrasse tendrement. Comme moi, il attend impatiemment de tes nouvelles.

Ta maman qui t'aime.

Yolanda s'adressa un petit sourire triste dans le miroir. Sa mère ne l'avait même pas vue dans ces deux dernières robes !

Après avoir glissé la clé que lui avait donné son beau-père dans la petite pochette assortie à sa robe, elle descendit rejoindre les deux hommes au salon. Vêtu d'un costume de soirée noir à bordures de satin, M. Harpole lui parut un peu plus distingué qu'à son arrivée. Sa conversation se révéla également plus intéressante quand il décrivit les nombreux pays où il avait séjourné, révélant une connaissance profonde des nouvelles industries qui s'y développaient.

Pas une seule fois au cours de la soirée, il ne fut question de bateaux.

Puis la fin du dîner, que Yolanda avait tant redoutée, arriva. Un coup d'œil vers leur invité suffit à la jeune fille pour comprendre que son beau-père ne s'était pas trompé : M. Harpole était bien trop gai pour monter se coucher avant l'aube. Il éprouva même quelques difficultés à tenir sur ses deux jambes pour gagner le salon où les attendaient portos et liqueurs. Le temps de saluer et de recevoir deux ou trois compliments embarrassants, et Yolanda montait au premier.

La chambre de M. Harpole se trouvait dans le même couloir que la sienne. D'une main tremblante, elle tourna le loquet de la porte et entra. À son grand soulagement, aucun des domestiques qui accompagnaient leur invité ne se trouvait à l'intérieur. La petite lampe de chevet était restée allumée, et la jeune fille trouva sans difficulté la mallette dont lui avait parlé son beau-père. Elle la posa sur une chaise. La clé pénétra sans difficulté dans la serrure dorée qui émit un petit cliquetis avant de s'ouvrir. D'un geste hésitant, Yolanda sortit une liasse de papiers contenant plusieurs lettres. Aucune d'elles ne venait des chantiers navals Doxford. Elle jeta un rapide coup d'œil à plusieurs carnets et cahiers et commençait à croire qu'elle ne trouverait rien quand son regard s'arrêta sur une feuille pliée en deux qui dépassait d'un cahier. Il s'agissait d'une lettre dont l'en-tête lui confirma qu'elle avait trouvé ce qu'elle cherchait. Elle s'approcha de la lampe de chevet pour lire.

Cher Monsieur,

Suite à notre entrevue du 29 avril, je vous informe que j'ai transmis au Comité directeur des chantiers navals Doxford votre offre d'achat de 2 500 000 livres.

Ils seraient ravis de vous recevoir à la date qui vous conviendra afin d'examiner plus attentivement cette proposition.

Dans l'attente de votre réponse, je reste, cher Monsieur, à votre disposition et je vous prie de recevoir mes salutations les plus distinguées.

James Augment

Craignant d'être surprise, Yolanda recopia rapidement la lettre sur un morceau de papier avant de la replier et de la glisser dans le cahier où elle l'avait trouvée. Puis elle referma la mallette, la replaça près du lit, et se précipita vers la porte.

Après avoir vérifié que le couloir était vide – quelle explication donnerait-elle si l'un des domestiques de M. Harpole la surprenait en train de sortir de la chambre de son maître en pleine nuit ? – elle courut jusqu'à sa chambre dont elle ferma la porte à double tour derrière elle comme si tous les démons de la terre étaient à ses trousses. Voilà, elle l'avait fait ! Son beau-père serait content d'elle... Dommage qu'elle-même se sente aussi salie par cette action...

Avec un soupir, elle se dirigea vers la porte-fenêtre et sortit sur le balcon. La brise tiède de la nuit la rasséréna un peu. Des milliers d'étoiles scintillaient dans le ciel. Elle leva les yeux vers elles et demanda à voix basse :

– Es-tu en colère contre moi, papa ? Je sais que tu n'aurais jamais accepté de commettre une action aussi vile, et je te promets de tout essayer pour que cela ne se reproduise pas. Malheureusement, ce n'est pas moi qui décide, mais mon beau-père. Je n'ai pas d'autre choix que de lui obéir.

Elle venait à peine d'achever sa phrase qu'une étoile filante traversa le ciel. Le cœur de Yolanda bondit dans sa poitrine. Par ce signe, son père lui affirmait-il qu'il comprenait... ?

Quand elle descendit au salon le lendemain matin, la jeune fille apprit avec soulagement que M. Harpole était déjà parti.

– Monsieur m'a demandé de vous indiquer qu'il était dans son bureau si vous désiriez le voir, indiqua le majordome.

Comprenant que cette phrase correspondait plus à un ordre qu'à une invitation, Yolanda rendit visite à son beau-père dès son petit déjeuner terminé.

Il leva les yeux de ses papiers en l'entendant entrer.

– Bonjour, Yolanda. J'espère que vous avez quelque chose pour moi ?

Sans répondre, la jeune fille marcha jusqu'à son bureau et lui tendit la feuille sur laquelle elle avait recopié la lettre trouvée dans la mallette de M. Harpole.

Un large sourire éclaira le visage de son beau-père en la lisant.

– Merci, Yolanda. Je suis fier de vous. Vous venez de me donner exactement ce que je cherchais.

– Mais comment êtes-vous certain que les propriétaires du chantier naval n'indiqueront pas à M. Harpole qu'ils ont reçu une offre d'achat plus intéressante ? Si c'est le cas, et s'il accepte de payer plus cher, vous n'obtiendrez pas les chantiers.

– Voilà une remarque très intelligente, Yolanda, dit M. Garrack. Mais, ne vous inquiétez pas pour moi. Après l'offre que je vais leur faire, je suis sûr que les chantiers navals ne m'échapperont pas.

Il appuya ses paroles d'un petit clin d'œil avant d'ajouter :

– Et la conclusion de ce marché me rapportera assez d'argent pour vous acheter tous les pur-sang que vous désirerez.

Yolanda rosit légèrement en prenant conscience qu'elle portait son habit de cavalière. De toute évidence, son beau-père ne manquerait pas une occasion de souligner que c'était grâce à son argent et à ses affaires qu'il satisfaisait ses besoins et plaisirs.

– C'est très gentil à vous, beau-papa, parvint-elle à articuler, les yeux baissés.

Son sentiment de malaise s'éclipsa rapidement dès qu'elle lança sa nouvelle monture à travers bois. Aujourd'hui comme tous les autres jours, la magie de la nature opérait, et elle oublia rapidement ses soucis dans la fraîcheur des sous-bois qui lui semblaient, comme dans son enfance, peuplés d'elfes et de créatures merveilleuses. L'air embaumait le chèvrefeuille, les oiseaux chantaient gaiement... Déjà à l'époque où ses parents rencontraient de grosses difficultés financières, c'était là qu'elle se réfugiait, dans son monde calme et lointain jusqu'où ne parvenaient ni les voix inquiètes ni les larmes. Des heures merveilleuses s'écoulèrent ainsi, puis le soleil au zénith lui indiqua qu'il était temps de revenir à la réalité. Noisette, son nouveau cheval, commençait à fatiguer, et surtout M. Garrack l'attendait pour le déjeuner. Le cœur lourd, elle galopa vers les étables.

Le temps de confier Noisette au palefrenier, et Yolanda regagnait sa chambre où sa servante l'aida à se préparer. Elle échangea son habit de cavalière contre une robe en coton piqué blanc très sobre, regrettant une fois encore que son beau-père lui interdise de porter le deuil de sa mère. Dieu merci, la saison n'était pas commencée ! Sinon, il l'aurait peut-être obligée à participer aux bals et aux dîners organisés chaque soir par la bonne société londonienne et, une fois encore, elle n'aurait pas eu la possibilité de refuser.

Dès qu'elle pénétra dans la salle à manger, celui-ci se leva pour l'accueillir.

– Cette robe vous va à ravir, remarqua-t-il, admiratif. Vous êtes magnifique ! Je sens que le début de la saison londonienne va attirer ici des dizaines de soupirants prêts à tout pour vous plaire.

Peu encline à aborder ce sujet, Yolanda changea immédiatement le cours de la conversation en déclarant :

– J'ai emmené Noisette dans les bois toute la matinée. C'est un cheval merveilleux ! Le meilleur que j'aie jamais monté.

– J'étais sûr que ce cheval vous plairait. Il m'a coûté une petite fortune, mais puisque vous l'aimez, je n'ai aucun regret.

– Merci. Je… vous suis très reconnaissante, se sentit obligée de répondre la jeune fille.

– Moi aussi, je vous suis reconnaissant de votre aide, répondit son beau-père. Et je propose que nous fêtions notre fructueuse collaboration par un déjeuner au champagne.

D'un petit signe de la main, il prévint le majordome qu'il pouvait commencer à servir.

À la surprise de Yolanda, le déjeuner fut animé et plaisant. Son beau-père lui posa de nombreuses questions sur le collège, sur ses activités préférées, et l'écouta avec beaucoup d'intérêt quand elle lui parla de sa passion pour l'équitation et la nature.

Pourtant, la bonne humeur de la jeune fille retomba rapidement quand, au moment du café, après que les domestiques eurent quitté la pièce, il déclara :

– Je voulais vous avertir que je recevrai la visite d'un autre ami demain. C'est un homme assez désagréable qui, je suppose, ne vous plaira guère.

– Si vous le trouvez si déplaisant, pourquoi l'invitez-vous ?

– Les affaires, ma chère petite. Les affaires… Malheureusement, elles nous obligent souvent à oublier nos propres sentiments.

Il n'ajouta rien, mais Yolanda sentit l'inquiétude l'envahir à l'idée de cette nouvelle visite. Que signifiait-elle exactement ? Un nouvelle « mission » pour elle ?

Si c'était le cas, elle n'était pas sûre de pouvoir s'en acquitter…

3

Après le déjeuner, Yolanda retourna aux étables choisir le meilleur cheval de saut d'obstacles.

– Je commence à connaître le parcours de saut par cœur, indiqua-t-elle au palefrenier au bout de plusieurs tours du terrain. Serait-il possible de lui ajouter de nouvelles haies ?

– Si M. Garrack est d'accord, je n' y vois pas d'inconvénient, Milady.

– Oh, il l'est. Je lui en ai parlé hier et il m'a répondu de voir cela avec vous.

– Dans ce cas, Milady, il n'y a aucun problème. Je m'en occuperai aujourd'hui même.

Yolanda passa les heures suivantes à s'exercer sur chaque obstacle jusqu'à acquérir une maîtrise parfaite de sa monture. Tandis qu'elle ramenait son cheval à son box, elle songea avec amertume à son père. Cavalier hors pair, celui-ci n'avait jamais eu les moyens de posséder des chevaux comme ceux qu'elle montait aujourd'hui. Comme elle aurait aimé pouvoir galoper à ses côtés maintenant, se mesurer à lui ! L'argent de son beau-père mettait à sa portée les meilleurs pur-sang, mais, malheureusement, il ne lui achèterait jamais un vrai compagnon. Et si tous les « amis » de M. Garrack ressemblaient à M. Harpole, mieux valait abandonner immédiatement tout espoir de monter en leur compagnie…

À l'heure du thé, la jeune fille rejoignit son beau-père au salon où elle le trouva installé sur le canapé, une tasse de thé à la main.

– Vous êtes-vous bien amusée cet après-midi ? s'enquit-il à son entrée.

– Merveilleusement, beau-papa. J'ai surtout fait du saut d'obstacles, et, comme vous me l'aviez permis, j'ai demandé au palefrenier d'ajouter plusieurs haies au parcours. Cela ne vous dérange pas, n'est-ce pas ?

– Au contraire, ma chère enfant. Sans vous, ces pauvres chevaux ne sortiraient jamais.

– À moins que vous vous décidiez à les monter de temps en temps vous-même, répliqua gentiment Yolanda.

Son beau-père haussa les épaules.

– J'en serais ravi… Malheureusement, le temps me manque cruellement pour ce genre d'activité.

– Pourtant, je suis sûre que maman aimerait que vous fassiez un peu plus d'exercice. Elle vous reprochait toujours de passer trop de temps sur votre fauteuil de bureau et pas assez sur une selle.

M. Garrack eut un sourire mélancolique.

– Vous avez raison, dit-il. Eh bien, c'est entendu, je vais suivre les désirs de votre mère et monter avec vous dès demain matin. Cela vous convient-il ?

– Parfaitement, beau-papa. J'espère que le palefrenier aura eu le temps d'ajouter de nouveaux obstacles. Désirez-vous une pâtisserie ?

Yolanda tendit une assiette de petits gâteaux à son beau-père qui secoua la tête.

– Merci, mais je ne voudrais pas prendre du poids avant même de commencer à faire de l'exercice, plaisanta-t-il.

– Oh, il n'y a aucun risque ! s'exclama la jeune fille sur le même ton. Vous êtes tellement mince ! En outre, je ne peux pas finir l'assiette seule, et la cuisinière sera vexée si nous ne faisons pas honneur à ses gâteaux.

– Dans ce cas, il ne nous reste plus qu'à acheter un chien, répondit spontanément son compagnon. Cela vous tenterait ?

– Oh, ce serait merveilleux !

– Parfait. Dans ce cas, c'est promis. La prochaine fois que je vais à Londres, je ramène un chiot.

Un long silence suivit cette promesse, et Yolanda sentit son estomac se contracter. Tout était si bien jusque-là ! Pendant un instant, elle avait presque aimé son beau-père. Mais maintenant, elle savait ce qui allait suivre… Elle leva vers lui un regard rempli d'appréhension. Son ton était redevenu grave lorsqu'il déclara :

– L'ami dont je vous ai parlé s'appelle Cecil Watson. C'est un homme grossier que je n'apprécie guère, mais auquel je dois reconnaître une extrême habileté dans le domaine des affaires.

– Pourquoi l'invitez-vous ici si vous ne l'aimez pas ? s'étonna Yolanda. Vous pourriez le recevoir dans vos bureaux de Londres ?

– Je le pourrais, effectivement. Mais je me priverais alors d'un avantage sérieux, car il m'est beaucoup plus facile d'impressionner mes interlocuteurs dans cette maison que dans mon bureau.

Ici, ils voient ma richesse dans chaque pièce, dans chaque objet d'art et chaque tableau. Cela les rend plus vulnérables.

Yolanda hocha la tête pour montrer qu'elle comprenait.

– Et Cecil Watson est homme à se laisser impressionner par de tels signes, reprit son beau-père.

Le silence retomba de nouveau sur la pièce. Finalement, incapable de supporter cette attente plus longtemps, Yolanda demanda d'un ton résigné :

– Qu'attendez-vous de moi ?

– La même chose que l'autre jour, mon petit. Bien que cette fois je ne vous demande pas de prendre des notes, mais simplement de jeter un coup d'œil sur le courrier de Watson pour découvrir avec qui il négocie en ce moment en Allemagne.

– En Allemagne !

– Si je me souviens bien, vous avez étudié l'allemand au collège. Dans ce cas, vous n'éprouverez aucune difficulté à lire des lettres rédigées dans cette langue.

– Non, bien sûr, soupira Yolanda.

– J'installerai Watson dans une chambre adjacente à un boudoir, poursuivit son beau-père. Cela vous permettra d'obtenir les renseignements que nous cherchons sans avoir à pénétrer dans sa chambre. Cela sera moins gênant pour vous, je suppose.

Yolanda se mordit la lèvre pour ne pas répliquer que, dans un boudoir ou dans une chambre, la tâche qu'on lui imposait était tout aussi gênante et dégradante.

– Maintenant, soyez gentille, reprit M. Garrack en se levant, faites ce que je vous demande, et je vous promets un cadeau encore plus beau que Noisette.

Sans laisser à Yolanda le temps de répondre, il sortit du salon.

La jeune fille se leva à son tour pour s'approcher de la porte-fenêtre. Une fois encore, elle songea à la manière dont son père et sa mère réagiraient s'ils savaient qu'elle jouait les espionnes pour le compte de son beau-père. Comme elle, ils trouveraient ce rôle méprisable et dégradant. Mais quel autre choix avait-elle ? Celui de partir seule dans les rues de Londres à la recherche d'un travail ?

Un simple coup d'œil au merveilleux spectacle du parc devant elle suffit à la persuader qu'elle n'avait malheureusement pas ce courage. Ici, elle se sentait en sécurité, protégée par les arbres et les fleurs, la beauté de la nature. À Londres, elle n'avait fait qu'entrapercevoir par les vitres de la calèche les ruelles sombres et les maisons sales alignées les unes à côté des autres, mais cette vision avait suffi à la persuader que ce monde n'était pas le sien.

Tandis qu'elle se préparait dans sa chambre, Yolanda entendit une voiture s'arrêter devant le perron. Elle se précipita vers la fenêtre juste à temps pour voir un homme chauve et bedonnant sortir de la calèche et pénétrer dans la maison, suivi d'un valet. Une note d'espoir germa en elle. Son beau-père ne lui avait pas parlé du valet. Peut-être qu'il n'avait pas prévu sa présence et renoncerait à ses projets en le voyant ? Ce serait de la folie de pénétrer dans le boudoir s'il y dormait.

Assise devant sa coiffeuse, Yolanda dénouait ses cheveux quand on frappa à la porte. La femme de chambre alla ouvrir. Yolanda reconnut immédiatement la voix de son beau-père.

– J'aimerais parler un instant à milady, dit celui-ci. Attendez-moi dehors, je ne serai pas long.

La femme de chambre s'exécuta et M. Garrack entra dans la pièce. Après avoir fermé la porte derrière lui, il s'approcha de Yolanda.

– J'ai oublié de vous donner ça, dit-il en lui tendant une clé.

– Un domestique l'accompagne, indiqua la jeune fille.

– Je sais. J'ai déjà fait le nécessaire pour qu'il dorme au dernier étage avec les autres gens de maison. En revanche, il est possible qu'il s'attarde dans la chambre de Watson jusqu'à ce que celui-ci monte se coucher. Dans ce cas, vous devrez attendre qu'il dorme avant d'agir.

Yolanda ouvrit la bouche pour protester.

– Ne vous inquiétez pas, coupa son beau-père, vous ne risquerez rien dans le boudoir. Je m'arrangerai pour que Watson s'endorme immédiatement en montant dans sa chambre.

Puis, sans lui laisser le temps de répliquer, il se détourna.

– Ne soyez pas en retard pour le dîner, lança-t-il encore avant de sortir.

Malgré son envie de courir derrière lui, de le rattraper et de lui dire que c'était impossible, qu'elle serait incapable de pénétrer ainsi en pleine nuit dans les appartements d'un invité, Yolanda ne bougea pas. À quoi bon ? Elle connaissait trop bien maintenant le ton inflexible de son beau-père dès qu'il parlait affaires pour savoir qu'aucune supplication ne l'attendrirait.

Avec un soupir, elle déposa la clé dans le tiroir de sa commode.

Un long bain chaud parfumé à l'huile d'amandes ne suffit pas à calmer son appréhension ni à chasser le sombre pressentiment qui l'envahissait chaque fois qu'elle pensait à la soirée qui l'attendait.

Aidée par sa femme de chambre, elle revêtit une longue robe de taffetas bleu pâle et releva ses cheveux dans un chignon lâche. Dehors, les premières étoiles scintillaient dans le ciel noir.

– Vous êtes magnifique, Milady, s'extasia la femme de chambre. C'est vraiment dommage qu'il n'y ait pas ici de beau jeune homme pour vous inviter à danser.

Malgré l'angoisse qui lui serrait le cœur, Yolanda lui adressa un petit sourire.

– Les jeunes hommes sont trop occupés à travailler ou à se battre pour venir perdre leur temps à la campagne, répondit-elle.

– C'est pourquoi vous devriez retourner à Londres, Milady. La saison va bientôt commencer et il y aura des bals chaque soir pour les débutantes. Belle comme vous l'êtes, je ne doute pas que vous ferez sensation.

– Que Dieu m'en préserve ! fit Yolanda en riant. Je préfère mille fois rester ici en compagnie de mes chevaux !

Elle se trouvait encore dans l'escalier quand la voix de M. Watson parvint à ses oreilles. C'était une voix forte et rocailleuse qui lui déplut immédiatement.

– Alors, je lui ai répondu, racontait-il comme s'il achevait une bonne histoire, c'est tout ce que vous obtiendrez. Et estimez-vous déjà heureux avec ça !

Yolanda entra en silence dans la pièce. Dès qu'il l'aperçut, son beau-père lui sourit et déclara :

– Cecil, j'ai le plaisir de vous présenter lady Yolanda, ma belle-fille. Je crois que vous ne vous êtes jamais rencontrés.

Son interlocuteur se tourna vers la nouvelle arrivante, révélant un visage aux traits grossiers où brillaient deux petits yeux gris à l'expression cruelle.

La jeune fille ne put réprimer un petit frisson quand elle serra sa main épaisse et moite. Sans aucune gêne, Cecil Watson la détailla des pieds à la tête avant de déclarer à l'adresse de son hôte :

– Vous m'aviez caché que vous abritiez sous votre toit une aussi jolie fille.

– Lady Yolanda est rentrée depuis peu de Paris où elle étudiait, indiqua M. Garrack.

– Paris..., répéta Watson, un sourire entendu aux lèvres. C'est sans aucun doute le meilleur endroit pour faire son éducation... Y compris pour nous...

Content de sa remarque, il partit d'un grand rire et envoya un coup de poing complice dans les côtes de son interlocuteur, obligeant Yolanda à détourner les yeux avec embarras.

Malgré la désagréable tâche qui l'attendait, la jeune fille ressentit un profond soulagement à la fin du dîner tant le comportement grossier de l'invité de son beau-père l'insupportait. Ses remarques et ses allusions – dont elle n'avait pourtant pas compris la moitié – révélaient un homme vulgaire, avide, et entièrement dépourvu de sens moral… Autant de traits de caractère qui ne justifiaient sans doute pas le fait de fouiller comme une espionne dans ses affaires, mais permettaient au moins d'effectuer ce travail avec moins de remords.

Lorsqu'elle quitta les deux hommes pour monter dans sa chambre, M. Watson était déjà passablement ivre… Ce qui ne l'empêcha pas de lui adresser un dernier compliment parfumé à l'alcool et de maintenir sa main dans la sienne beaucoup plus longtemps que ne le permettait la bienséance.

Enfin, Yolanda sortit de la pièce. Elle s'adossa à la porte et ferma un instant les yeux. Seule la première partie de la soirée était terminée ! Il lui fallait maintenant trouver assez de courage pour affronter la seconde.

Avec un soupir, elle s'engagea dans l'escalier. Dans le couloir sombre, elle repéra immédiatement le rai de lumière sous la porte de la chambre de M. Watson. De toute évidence, son valet de pied était remonté préparer sa chambre après le dîner. La jeune fille grimaça. Puisqu'il en était ainsi, elle devrait attendre et pénétrer dans le boudoir une fois l'invité de son beau-père endormi.

L'estomac noué à cette perspective, elle entra dans sa chambre proche et sonna sa femme de chambre.

– Vous êtes remontée bien tôt, Milady, remarqua celle-ci en l'aidant à se déshabiller.

– Je me sens un peu fatiguée, répondit Yolanda. En outre, il m'a paru plus judicieux de laisser ces messieurs discuter entre eux.

– C'était très judicieux de votre part, Milady… Si je peux me permettre de donner mon avis.

Yolanda adressa un regard surpris à sa femme de chambre avant de lui sourire en comprenant qu'elle non plus n'éprouvait guère de sympathie pour leur invité de ce soir.

Après le départ de celle-ci, elle sortit sur le balcon, vêtue d'une longue chemise de nuit en coton et dentelles blanches, pour respirer l'air de la nuit.

Une demi-lune s'était levée, irradiant une lueur fantomatique qui enveloppait le parc d'une atmosphère romantique et mystérieuse. Un sourire glissa sur le visage de Yolanda. Elle se souvenait d'une nuit pareille à celle-ci où son père et sa mère, main dans la main, marchaient à côté d'elle.

– Vous êtes la déesse de la lune, avait murmuré le comte d'une voix vibrante d'admiration à l'adresse de son épouse. Et j'aimerais immortaliser votre beauté sur une toile où vous régneriez sur la nuit, revêtue d'une longue robe d'argent.

– C'est une attention touchante, avait répondu sa femme, émue. Malheureusement, j'ai peur qu'il vous faille attendre que nos moyens le permettent.

– Si seulement j'étais artiste ! J'aurais peint cette toile moi-même.

– Et j'aurais dû rester assise pendant des heures ! avait soupiré la comtesse. Merci, mon chéri, mais je n'y tiens guère. En outre, même s'il est flatteur d'être appelée « la déesse de la lune », j'aime vivre au grand jour, et je préférerais être « la déesse du soleil ».

– Ce que vous êtes déjà. Ainsi que « la déesse de l'amour » en ce qui me concerne.

– Je vous trouve bien avide de détourner ainsi la moitié de l'Olympe pour nous seuls ! s'était gentiment moquée la comtesse.

Ils avaient tous deux éclaté de rire, puis le père de Yolanda avait embrassé sa femme avant de déclarer avec tendresse :

– Pour moi, vous serez toujours plus adorable que toutes les déesses réunies. Je n'échangerais aucune d'elles contre vous, mon amour.

Ce genre de déclarations entre ses parents n'étonnaient pas Yolanda. Pas plus que le fait qu'elles aient lieu devant elle. Le comte et la comtesse trouvaient normal d'exprimer leur amour devant leur fille, et celle-ci considérait le sentiment qui les liait comme la plus belle chose qui puisse exister entre deux êtres.

Leur amour avait rendu leurs vies merveilleuses et exceptionnelles. Seule la mort du comte avait mis un terme à ce qui, malgré les difficultés financières qui les avaient poursuivis, était un destin exceptionnel.

Même si sa mère avait toujours évité d'aborder ce sujet, Yolanda savait qu'elle aurait sans hésitation abandonné son nouveau confort matériel, la grande propriété à l'extérieur de Londres, les diamants, les robes de soie et d'organdi pour se retrouver dans une chambre d'hôtel simple et inconfortable en compagnie de son premier époux.

« Voilà le vrai amour, songea la jeune fille. Peut-être qu'un jour, moi aussi, je le trouverai. »

Elle eut un petit soupir résigné en songeant que cette rencontre n'arriverait probablement jamais tant qu'elle vivrait sous le toit de son beau-père et ne rencontrerait que des hommes comme Jake Harpole ou Cecil Watson. Un petit frisson la parcourut au souvenir de ce dernier. Cet homme représentait tout ce qu'elle détestait. Grossier et répugnant, il n'avait cessé de la détailler au cours du dîner et de lui adresser des allusions extrêmement choquantes.

La fraîcheur de la nuit sortit Yolanda de ses pensées. Elle referma la porte-fenêtre et s'allongea sur son lit avec un roman. Cinq minutes plus tard, ses yeux parcouraient toujours la même ligne. Incapable d'oublier la tâche qui l'attendait, elle épiait les bruits dans le couloir et ne parvenait pas à s'intéresser à son livre.

Soudain, elle se raidit en entendant des voix au rez-de-chaussée, puis quelqu'un monter l'escalier d'un pas pesant. Cecil Watson, à demi-ivre, passa devant sa porte. Elle retint son souffle quand il entra dans sa chambre. Comme prévu, son valet sortit une dizaine de minutes plus tard pour rejoindre les autres domestiques à l'étage supérieur.

Le silence retomba sur la maison.

Craignant que M. Watson ne tarde à s'endormir ou que son valet ne revienne, Yolanda attendit encore une demi-heure, puis elle se leva, prit la clé que lui avait donnée son beau-père dans le tiroir de sa coiffeuse et sortit précautionneusement de sa chambre. Une faible lueur dispensée par une torche éclairait le couloir. Pieds nus pour ne pas faire de bruit, la jeune fille se dirigea vers le boudoir adjacent à la chambre de M. Watson. Le bougeoir qu'elle tenait à la main lui permit de se repérer dans la pièce plongée dans la pénombre, et elle ne tarda pas à remarquer sur le bureau la mallette dont lui avait parlé son beau-père. Elle posa la bougie près d'elle. La serrure s'ouvrit sans résistance. Elle se demanda alors combien de clés de ce genre possédait M. Garrack. Une pour chaque modèle de sacoche, peut-être…

À l'intérieur de la mallette, Yolanda trouva tant de papiers et de lettres qu'elle hésita un instant à les emporter dans sa chambre pour les lire plus tranquillement. Elle feuilletait rapidement l'ensemble avant de prendre une décision quand un grincement de porte derrière elle lui fit faire volte-face. Une veste de pyjama en soie pour tout vêtement, M. Watson se tenait debout dans l'embrasure de la porte. Il la fixa un bref instant, les sourcils froncés, puis demanda d'une voix engourdie par l'alcool :

– Que faites-vous ici ?

La jeune fille fit un pas rapide sur le côté pour dissimuler la sacoche ouverte.

– Je… je venais m'assurer que vous ne manquiez de rien, s'entendit-elle répondre d'une voix blanche.

– Que je ne manquais de rien ? répéta son interlocuteur, sceptique.

Il continuait à la regarder d'un air surpris quand, brusquement, son visage s'éclaira comme s'il venait de trouver la solution à un problème.

– Oh ! je vois, dit il.

Il s'avança vers elle.

– Je n'avais besoin de rien avant de vous voir. Mais, maintenant que vous êtes là…

Le temps de comprendre le sens de ses paroles et Yolanda s'élançait sur le côté pour fuir. Mais il était déjà trop tard. D'un geste d'une rapidité stupéfiante pour un homme ivre, M. Watson l'attrapa par le bras et l'attira vers lui.

– Tu es sacrément jolie ! J'y ai pensé pendant tout le dîner, et voilà que tu m'apportes ce que je veux dans ma chambre…

– Lâchez-moi ! cria Yolanda en se débattant.

Mais son adversaire était bien trop fort pour elle. Lui maintenant les deux bras dans le dos d'une seule main, il la colla contre son torse, cherchant à s'emparer de ses lèvres. Blême de peur, la jeune fille tourna son visage en tous sens.

– Laissez-moi, supplia-t-elle à nouveau. Laissez-moi !

En guise de réponse, Watson partit d'un rire gras.

– J'ai envie de toi depuis que je t'ai vue. Je n'aurais jamais cru pouvoir t'obtenir aussi facilement. Quel chanceux je fais, n'est-ce pas ?

Tout en parlant, il entraîna Yolanda jusque dans sa chambre et la poussa sur le lit.

– Non ! hurla-t-elle en frappant ses poings contre son torse. Laissez-moi partir !

– Te laisser partir ? ricana Watson. Alors que les dieux t'ont envoyée à moi. Allons, ne joue pas les effarouchées. Laisse-toi aller et prenons du bon temps.

Immobilisant la jeune fille, il s'écrasa sur elle. Elle poussa un cri strident. Coincée par le poids de son agresseur, elle ne parvenait pas à se dégager. Un autre cri horrifié s'échappa de sa gorge en sentant une main moite frôler sa cuisse. Puis, tirée d'un geste brusque, sa chemise de nuit se déchira à l'encolure. Le dernier hurlement de Yolanda mourut dans sa gorge. Sous l'effet de la panique, elle ne parvenait plus à émettre un son, sa respiration se bloqua, elle crut mourir d'asphyxie.

C'est alors que la porte de la chambre s'ouvrit violemment.

– Que se passe-t-il ici ? demanda M. Garrack.

Retrouvant brusquement sa voix, Yolanda hurla. Il n'en fallut pas plus à son beau-père pour comprendre la situation.

En deux enjambées, il atteignit le lit, tira Cecil Watson par le col de sa veste de pyjama et lui envoya son poing en plein visage. Sonné, l'homme alla s'écraser au sol, sa tête heurtant au passage le bas de l'armoire.

Sans plus se soucier de lui, M. Garrack redressa Yolanda et la serra contre lui.

– C'est fini. C'est fini, murmura-t-il en lui caressant les cheveux. Il ne peut plus vous faire de mal.

La jeune fille tremblait de tous ses membres. Il dut la soulever dans ses bras pour la raccompagner jusqu'à sa chambre où il la déposa délicatement sur le lit.

– C'est terminé, répéta-t-il. Je vous promets qu'il ne vous approchera plus.

Mais ses paroles rassurantes ne suffisaient pas à calmer Yolanda dont le corps était toujours secoué de sanglots. De grosses larmes coulaient de ses yeux clos et roulaient sur ses joues livides.

Inquiet, M. Garrack s'assit sur le lit à côté d'elle et prit ses mains entre les siennes.

– Ça va aller maintenant, murmura-t-il. Plus personne ne vous fera de mal. Voulez-vous que je vous apporte quelque chose à boire ?

Cette fois, Yolanda ouvrit les paupières. Ses pupilles étaient dilatées de peur.

– Sauvez-moi !... Sauvez-moi ! supplia-t-elle.

– Vous êtes sauvée, répondit doucement son beau-père. Vous êtes en sécurité maintenant. Je vous en donne ma parole.

– Il est tellement horrible... Bestial...

Les jointures de ses doigts étaient blanches tant elle serrait avec force la main de son beau-père.

– Je sais, fit celui-ci. Mais ne vous inquiétez pas. Il partira demain matin. Vous ne le reverrez jamais plus.

M. Garrack caressa les cheveux de sa belle-fille, en proie à un intense sentiment de culpabilité. Il avait commis une grossière erreur en croyant Cecil Watson suffisamment ivre pour s'effondrer sur son lit et s'endormir en quelques secondes ! À cause de son inconscience, Yolanda avait failli être violée ! Maintenant, elle était en état de choc et n'oublierait jamais ces horribles instants.

Il contempla son fin visage mortellement pâle. Elle avait de nouveau les yeux clos, mais des larmes continuaient à glisser sous ses paupières. Il rabattit le dessus-de-lit sur son corps frêle et tremblant.

– Pensez-vous pouvoir dormir maintenant ? Voulez-vous que je reste auprès de vous ou que je demande à votre femme de chambre de vous tenir compagnie ?

– Non, non, répondit faiblement Yolanda. Je ne veux personne. Mais… êtes-vous sûr qu'il ne va pas venir ?

– Je vous le promets, assura M. Garrack en repoussant vers l'arrière une mèche de cheveux collée au front de la jeune fille. D'ailleurs, si cela peut vous rassurer, je fermerai votre porte à clé et garderai la clé sur moi jusqu'à demain matin. Ainsi, personne n'entrera dans votre chambre avant que je vienne moi-même ouvrir.

Yolanda hocha lentement la tête.

– Oui, fermez la porte, dit-elle. Fermez-la.

– Vous serez en sécurité, promit encore M. Garrack. Je laisserai la porte de ma chambre ouverte. Si vous avez besoin de quoi que ce soit, criez ! Je vous entendrai.

Sur ces paroles, il se leva et s'apprêtait à sortir quand, se ravisant, il marcha jusqu'à la porte-fenêtre pour ouvrir les doubles rideaux.

– Ainsi, vous verrez les étoiles, dit-il. Voulez-vous que je laisse les chandelles allumées ?

– Vous allez vraiment fermer ma porte à clé ?

– À double tour. Et je dormirai avec la clé sur moi.

– Dans ce cas, soufflez les chandelles… Je regarderai les étoiles.

– Fermez plutôt vos yeux et essayez de dormir. Vous avez besoin de repos maintenant…

M. Garrack s'interrompit un instant, comme s'il cherchait ses mots, avant de reprendre d'un ton embarrassé :

– Ce qui est arrivé est de ma faute… J'espère que vous me pardonnerez un jour.

Puis, sans attendre de réponse, il se dirigea vers la porte.

– Bonne nuit, Yolanda, dit-il avant de sortir.

La jeune fille entendit distinctement la clé tourner deux fois dans la serrure.

Alors, elle enfouit sa tête dans l'oreiller et éclata en sanglots.

4

– Comment va lady Yolanda ? demanda M. Garrack à son fidèle majordome.

Ce dernier eut un rictus désolé

– Malheureusement, guère mieux, monsieur. Elle est toujours allongée dans son lit, les yeux fixés au plafond.

– Croyez-vous qu'elle soit malade ?

Le vieil homme secoua la tête.

– D'après Emily, sa femme de chambre, Milady a surtout envie de partir d'ici. Il paraît qu'elle voudrait retourner au collège en France.

Pendant quelques secondes, M. Garrack resta silencieux, se mordillant la lèvre inférieure, comme s'il réfléchissait aux implications des paroles de son majordome. Puis ses yeux se mirent à briller, et c'est d'un ton raffermi qu'il déclara :

– Faites dire à Milady que je l'attendrai à midi dans mon bureau. Précisez-lui que c'est très important.

– Entendu, monsieur.

Dès que le majordome eut refermé la porte derrière lui, M. Garrack s'assit sur un fauteuil, pensif.

Depuis des années qu'il évoluait dans le monde des affaires, il avait affronté toutes sortes d'hommes et de situations, finissant toujours par obtenir ce qu'il voulait. Mais, aujourd'hui, face à Yolanda, il se sentait totalement désemparé. Trois jours s'étaient écoulés depuis l'affreuse nuit où M. Watson avait tenté de la violer. Trois jours au cours desquels la jeune fille n'était pas sortie de son lit et ne répondait aux questions qu'on lui posait que par monosyllabes. Et voilà qu'aujourd'hui elle se décidait enfin à parler à sa femme de chambre... pour lui exprimer son désir de quitter la maison.

Le cœur de M. Garrack se serra à cette perspective. Quel fou il faisait ! Depuis le retour de Yolanda, il avait cru ne la garder auprès de lui que par devoir envers sa mère. Aujourd'hui, il s'apercevait que l'idée de la voir partir lui déchirait le cœur. Sans qu'il se l'avoue, cette enfant avait fini par représenter beaucoup plus que sa belle-fille. Il l'aimait, la considérait comme sa propre fille et ne se pardonnait pas de l'avoir exposée au danger par intérêt personnel. Désormais, il n'avait plus qu'un moyen de rattraper son erreur. Que Yolanda soit en état de choc ou non, il devait agir. Vite.

Les aiguilles de la pendule marquaient juste midi quand Yolanda frappa à la porte du bureau de son beau-père. Invitée à entrer, elle marcha vers lui, pâle, de profonds cernes mauves sous ses beaux yeux d'azur.

– Vous désiriez me voir, beau-papa ? demanda-t-elle en s'arrêtant devant son bureau.

– Oui, Yolanda. J'ai à vous parler. Asseyez-vous, je vous en prie.

La jeune fille s'exécuta, puis, levant un regard rempli d'appréhension vers M. Garrack, commença d'une voix hésitante :

– Beau-papa, je... j'ai quelque chose à vous dire...

– Tout à l'heure, Yolanda, interrompit M. Garrack avec autorité. Puisque je vous ai convoquée, j'estime que c'est à moi de parler le premier.

– Euh... oui, bien sûr.

– J'ai beaucoup pensé à votre père. C'était un homme pour lequel j'éprouvais une grande admiration.

Une lueur d'étonnement s'alluma dans le regard de Yolanda.

– Je crois qu'il serait très malheureux s'il vous voyait en ce moment, poursuivit M. Garrack. Peut-être même serait-il déçu de s'apercevoir que sa fille n'a pas hérité de son courage.

Yolanda se raidit.

– Que voulez-vous dire, beau-papa ?

– En acceptant un duel qu'il était certain de perdre, votre père s'est comporté en héros. S'il n'avait pas eu un sens de l'honneur aussi développé, il aurait refusé l'affrontement et serait rentré à Londres dès le lendemain. Mais il a préféré risquer sa vie que de fuir devant le danger.

Les sourcils froncés, Yolanda écoutait son beau-père en se demandant pour quelle raison il lui tenait ce curieux discours.

– Comme vous le savez sans doute, poursuivit-il, j'ai moi-même dû affronter de nombreux problèmes au cours de ma vie. Si j'en suis là aujourd'hui, c'est en grande part à ma ténacité que je le dois.

Comme Yolanda levait vers lui un regard intrigué, il ajouta :

– Pardonnez-moi, il est vrai que je ne vous ai jamais parlé de mon enfance. En fait, je suis le dernier garçon d'une famille modeste. Mes parents qui avaient déjà trois fils ne me désiraient pas et m'ont toujours fait passer après mes frères.

L'amertume soudaine de son ton n'échappa pas à Yolanda qui sentit son cœur se serrer en écoutant le récit de sa jeunesse dépourvue d'amour et de tendresse.

– Je devais avoir dix ou onze ans, expliqua son beau-père, quand j'ai compris que le meilleur moyen de me faire une place dans ce monde et d'imposer le respect à mes frères était de me montrer plus intelligent qu'eux. C'est alors que j'ai commencé à étudier avec acharnement jusqu'à ce que j'obtienne une bourse pour entrer au collège puis à l'université.

– Vous deviez être un très bon élève, ne put s'empêcher de remarquer Yolanda, visiblement impressionnée.

M. Garrack lui sourit, ému par cette marque soudaine d'intérêt après plusieurs jours de totale indifférence.

– Là, j'ai travaillé jour et nuit, continua-t-il. Grâce à mes résultats, une entreprise de la région m'a engagé dès la fin de mes études.

– Votre famille devait être très fière, commenta Yolanda, de plus en plus intéressée.

Son beau-père eut un rictus désabusé.

– Pas réellement. En fait, mes frères continuèrent à se moquer de moi. Ils ne comprenaient pas que je travaille autant pour un salaire aussi faible… Il est vrai que l'entreprise me payait très mal pour ce qu'elle exigeait de moi.

– Que s'est-il passé ensuite ?

– Après avoir acquis assez d'expérience, j'ai changé de société, ce qui m'a permis d'élargir encore mon champ de compétences et de grimper dans la hiérarchie.

Il fit une pause, le regard perdu dans de lointains souvenirs, avant de reprendre avec un soupir :

– Évidemment, cette rapide ascension sociale m'a valu de nombreux ennemis. On m'a reproché d'être arriviste et immoral. Mais j'ai aussi su gagner quelques amis qui m'ont soutenu dans les moments difficiles.

– Vos ennemis vous ont-ils fait du mal ?

– Parfois, oui. Mais en me défendant chaque fois avec succès, j'ai su leur montrer que je ne manquais ni de courage ni de ténacité. Deux qualités importantes dans le monde des affaires.

M. Garrack hocha la tête d'un air songeur avant d'ajouter :

– Je dois pourtant reconnaître qu'il m'a aussi fallu m'abaisser devant mes supérieurs quelquefois… Ce que je n'ai pas toujours su faire quitte à perdre mon emploi.

– Vous avez été renvoyé ?

– Cela m'est arrivé, effectivement, acquiesça M. Garrack avec un petit ricanement. Pour impertinence. J'avais osé donner des conseils à mon employeur sur la manière dont il devait gérer son usine. Comme j'avais raison, il a préféré se débarrasser de moi.

– Qu'avez-vous fait alors ?

– J'ai proposé mes services à son plus grand concurrent.

Après un bref silence, Yolanda demanda d'un ton suspicieux :

– Lui avez-vous dit à quel point l'autre société était mal gérée ?

M. Garrack hocha la tête.

– Bien sûr. Je lui ai également donné quelques autres renseignements très utiles, ajouta-t-il, conscient de la désapprobation de sa belle-fille. Comme je vous l'ai déjà déclaré « les affaires sont les affaires ». Il faut se battre pour atteindre le sommet. Dans ce combat, toutes les armes sont permises.

Devant le silence réprobateur de Yolanda, il poursuivit, persuasif :

– Je sais que ce que vous pensez. Vous vous dites que votre père n'aurait jamais agi d'une façon aussi indigne d'un gentleman. Sans doute avez-vous raison. Mais pour une fois, Yolanda, essayez de regarder les choses autrement. Ma vie n'était pas celle, douce et facile, d'un gentleman, mais une guerre permanente contre ceux que dérangeait mon désir d'échapper à une condition inférieure et difficile. Pouvez-vous comprendre cela ?

– Ce que vous voulez dire, résuma lentement Yolanda, c'est que tous ceux qui n'étaient pas avec vous étaient obligatoirement contre vous.

– Exactement, approuva son beau-père avec satisfaction. J'aimerais que vous preniez conscience qu'il y a des moments dans la vie où la situation nous oblige à nous éloigner d'une certaine morale sociale. Les aristocrates se sentent souvent supérieurs aux autres parce qu'ils respectent une morale et des règles qu'ils ont eux-mêmes instaurées. Mais ils oublient alors qu'il est plus facile d'agir en gentleman quand on évolue dans un monde où rien ne vous met jamais à l'épreuve.

Yolanda ne répondit pas immédiatement, comme si elle pesait les paroles de M. Garrack.

– Je crois que je comprends, fit-elle finalement.

– Votre père, lui, était un homme hors du commun, reprit son beau-père. Malgré les problèmes qu'il a rencontrés dans la vie, il n'a jamais failli à son code d'honneur. Mais ne vous leurrez pas, peu d'hommes lui ressemblent. Et je vous assure que tout se serait déroulé différemment s'il n'avait jamais eu à s'opposer à des gens moins honnêtes que lui.

Un ange passa, puis il poursuivit d'un ton grave :

– Vous ne devez jamais oublier, Yolanda, que votre père a fait preuve d'un courage extraordinaire. Dans la situation la plus désespérée, il a accepté le combat. Même la peur de la mort ne l'a pas fait reculer... Et je suis certain qu'il souhaiterait que vous agissiez comme lui.

La jeune fille posa un regard surpris sur son beau-père.

– Que voulez-vous dire ?

– Que vous avez gagné une bataille contre un homme vil et grossier, mais que vous devez vous décider à le rejeter une bonne fois de votre esprit si vous ne voulez pas que ce soit lui qui gagne la guerre. Watson ne mérite pas la place que vous lui accordez. Vous le laissez détruire votre gaieté, votre jeunesse... Vous le laissez vous détruire en réagissant comme vous le faites. Et ça, votre père ne l'aurait jamais accepté.

– Mais il m'a tellement effrayée ! Il était si...

– D'accord, il vous a effrayée, coupa M. Garrack. Et je ne me pardonnerai jamais d'être à l'origine de cet épisode déplorable. Pourtant, il faut que vous compreniez que vous donnez à Watson beaucoup plus d'importance qu'il n'en mérite en pensant à lui à longueur de journée.

Yolanda se mordit la lèvre, hésitante.

– Vous avez raison, beau-papa, déclara-t-elle finalement. Je vais essayer de ne plus penser à lui.

– À la bonne heure ! Maintenant, laissez-moi vous dire ce que nous allons faire. Dans quelques jours nous partirons pour Londres !

La jeune fille tressaillit.

– Londres ! Mais pourquoi ?

– Tout d'abord, parce que les affaires m'y appellent. Mais aussi, parce que je crois qu'il est temps que vous renouiez contact avec les amis de vos parents. C'était là le souhait de votre mère, et j'aimerais l'exaucer maintenant que la saison va commencer.

– Mais… je suis en deuil…, protesta Yolanda.

Plongeant son regard dans le sien, son beau-père répondit :

– Croyez-vous que l'amour que votre mère portait à votre père a diminué parce qu'elle a cessé de porter le deuil pour m'épouser ?

Yolanda le contempla avec stupéfaction.

– Je sais que vous avez compris ses raisons et n'avez jamais douté d'elle, poursuivit-il. Et vous avez raison. Moi-même, j'ai toujours été trop conscient de la profondeur de l'amour qui unissait vos parents pour tenter de prendre la place de votre père auprès d'elle. Je me suis contenté de l'admirer, de l'aimer plus que tout au monde et d'essayer de lui rendre un peu du bonheur qu'elle venait de perdre. C'est parce qu'elle a compris que je ne lui demandais pas de renier le passé qu'elle m'a donné la plus grande joie de ma vie en acceptant de m'épouser.

Il y avait autant de surprise que d'émotion sur les traits de Yolanda quand elle écouta son beau-père poursuivre :

– Comme vous, j'espère qu'elle est heureuse maintenant. Et je vous demande de tout faire en ce sens en reprenant le cours de votre vie de jeune fille. Accompagnez-moi à Londres, rencontrez les amis qu'elle désirait vous présenter et passez la saison auprès d'eux.

Avec un petit sourire, il ajouta :

– Ne vous inquiétez pas, je n'organiserai pas de bal en votre honneur avant cet hiver… Ce qui ne nous empêchera pas en attendant d'offrir des dîners dans ma maison de Park Lane où vous attirerez, j'en suis certain, de nombreux soupirants.

Incertaine, Yolanda le fixait toujours, bouche bée. Il se leva, s'approcha d'elle et prit sa main dans la sienne.

– Allez, insista-t-il, vous et moi devons tout faire pour rendre votre mère heureuse comme nous ne manquerions pas de le faire si elle était toujours vivante.

Yolanda serra un peu plus fort sa main. Une larme glissa sur sa joue.

– Vous avez raison, murmura-t-elle, la voix étranglée d'émotion.

Puis, incapable de résister, elle se jeta pour la première fois dans les bras de son beau-père.

– Merci… merci, sanglota-t-elle. Vous êtes si bon, si compréhensif… Je me sentais tellement seule, tellement abandonnée… Maintenant, je comprends que je m'étais trompée. Vous êtes près de moi.

– Bien sûr que je suis près de vous, répondit M. Garrack en lui caressant tendrement les cheveux. Tous les deux, nous gagnerons notre bataille. Je vous le promets.

La jeune fille s'essuya les yeux du revers de la main.

– Fêtons cette réconciliation avec une coupe de champagne avant le déjeuner, proposa son beau-père. Ensuite, nous irons galoper dans les bois. Au fait, je suppose que vous ne verrez pas d'inconvénient à emmener Noisette avec nous à Londres.

Un sourire radieux illumina le visage de Yolanda.

– Je suis certaine que lui aussi meurt d'envie de profiter de la saison londonienne, répondit-elle.

Au cours du déjeuner, M. Garrack parla à Yolanda de son passé, de ses échecs et de ses succès professionnels, et de la façon dont il était finalement devenu l'un des hommes les plus riches d'Angleterre.

Puis ils firent seller leurs chevaux et galopèrent sur les terres de la propriété. Le soleil illuminait de reflets dorés les cheveux lâches de Yolanda, qui, certaine de ne pas être aperçue, avait ôté son chapeau comme à l'époque où elle montait en pleine campagne en compagnie de son père. Elle se sentait merveilleusement bien. Mieux qu'elle ne s'était sentie depuis des mois, son cheval avançant côte à côte avec celui de son beau-père. Un sourire serein glissa sur ses lèvres. Le bonheur allait-il finalement revenir après ces longues années d'épreuve… ?

– Vous devez être très fier de posséder une propriété aussi grande, remarqua-t-elle tout à coup en admirant la vallée qui s'étendait devant eux.

– Je m'étais toujours promis de m'offrir un jour une maison plus belle et plus grande que toutes les autres, répondit M. Garrack. Mon vœu a été exaucé au-delà de toutes mes espérances quand votre mère a accepté de s'installer ici avec moi. Alors, sa beauté a rehaussé celle de tous les tableaux et tous les objets d'art que j'avais réunis en ce lieu.

– Vous devez beaucoup aimer la peinture pour acheter autant de tableaux.

– Je l'apprécie énormément. Mais je dois cependant reconnaître que l'esthétisme n'est pas la seule raison de mes achats. Certaines œuvres célèbres me servent surtout à impressionner les gens qui viennent chez moi… Mais, ne vous méprenez pas, ajouta rapidement M. Garrack devant la moue désapprobatrice de sa belle-fille, j'aime trop la peinture pour montrer mes toiles à des personnes incapables d'apprécier l'art. Elle me sert dans mes affaires, mais uniquement avec les vrais connaisseurs.

Il fit une pause avant de reprendre d'un ton rassurant :

– Et je vous promets que nous ne recevrons plus dans cette maison que des gens de valeur. Comme à l'époque de votre mère.

Yolanda le regarda et lui assura d'un sourire qu'elle avait compris le sens de ses paroles. À partir d'aujourd'hui, plus aucun Harpole ni Watson ne franchirait le seuil de leur maison.

– Je suis sûr que nous allons beaucoup nous amuser tous les deux, reprit son beau-père. Du moins, jusqu'à ce que vous tombiez amoureuse et me quittiez…

– Je ne vous quitterai jamais vraiment, beau-papa, protesta vivement la jeune fille. J'ai été stupide d'y penser, mais je vous promets que cela ne m'arrivera plus.

– Vous verrez, nous ferons de cette maison un foyer heureux. Comme lorsque votre mère était encore vivante et que nos invités repartaient d'ici différents, plus calmes et plus sereins qu'à leur arrivée. Je me souviens d'une de mes amies qui un jour m'a confié qu'elle ne s'était pas sentie aussi bien qu'en compagnie de votre mère et moi depuis des années. Elle n'avait aucune envie de partir et j'ai dû lui promettre de la réinviter souvent pour sécher ses larmes.

Yolanda sentit ses propres yeux s'humidifier. C'est la gorge serrée d'émotion qu'elle répondit :

– Vous avez raison, beau-papa. Notre maison sera celle du bonheur. Et, là où elle se trouve, maman s'en réjouira.

Ce soir-là, Yolanda se coucha le cœur léger, libérée de l'angoisse qui la tenaillait depuis son retour du collège, et pourtant légèrement coupable à l'idée de s'être si longtemps trompée sur le compte de son beau-père.

Comment avait-elle pu le juger aussi rapidement sans même chercher à le comprendre ? Elle s'était conduite comme une petite idiote, le méprisant et le rejetant sous prétexte qu'il n'appartenait pas au monde au sein duquel elle avait toujours évolué. Maintenant, elle savait combien il lui avait fallu de force et de courage pour se hisser à la position qu'il occupait aujourd'hui. Elle connaissait toutes les épreuves qu'il avait traversées, seul et sans personne pour l'aimer... Jusqu'au jour où il avait rencontré sa mère. Sa mère qui, contrairement à elle, avait immédiatement deviné sa bonté et sa grandeur d'âme, et qu'il chérissait plus que tout être au monde. Sa voix tremblante, ses yeux humides, tout en lui exprimait la vénération qu'il lui portait.

Consciente de s'être conduite comme une ingrate, elle s'était promis de rattraper le temps perdu et avait embrassé son beau-père avec tendresse avant de lui souhaiter bonne nuit.

– Merci, beau-papa, avait-elle murmuré à son oreille. Je suis très contente de vous accompagner à Londres, vous savez.

Puis, une petite pointe d'anxiété dans la voix, elle n'avait pu s'empêcher d'ajouter :

– Vous resterez près de moi, n'est-ce pas ?

– Je serai toujours là, avait affirmé M. Garrack avec chaleur. Et je choisirai avec soin les gens que nous rencontrerons. Pour commencer, nous nous limiterons aux anciennes relations de vos parents. J'ai eu l'occasion de sympathiser avec certains d'entre eux pendant que je vivais avec votre mère. Je peux vous assurer qu'ils vous plairont.

Comme prévu, ils partirent pour Londres quelques jours plus tard. Yolanda monta dans la calèche, le cœur battant d'excitation, se souvenant de son père qui, chaque fois qu'ils quittaient un endroit devenu trop cher pour eux – le plus souvent parce que ses partenaires aux cartes, lassés d'avoir trop perdu, refusaient de continuer à jouer avec lui –, leur faisait s'écrier gaiement : « En route pour une nouvelle aventure ! »

Et c'était exactement l'impression qu'elle éprouva lors de ce départ : celle d'être à l'aube d'une vie nouvelle et remplie de promesses.

« Peut-être même rencontrerai-je un homme comme papa », songea-t-elle, pleine d'espoir.

Mais au fond d'elle-même, elle n'y croyait guère. Au cours des brefs séjours qu'elle avait effectués à Londres, elle n'avait rencontré que des jeunes gens creux et assez stupides dont elle n'avait gardé qu'un souvenir sans intérêt. Sans doute, l'habitude de côtoyer des hommes plus mûrs tels que son père et ses amis, et maintenant, son beau-père qui, même si elle ne l'appréciait pas au départ, l'avait toujours impressionnée par son intelligence, la rendait-elle trop exigeante... Mais était-ce sa faute si la conversation des gens de son âge l'ennuyait ?

Comme son père, M. Garrack avait toujours des histoires fabuleuses à raconter ! Il avait énormément voyagé, s'était battu pour obtenir ce qu'il voulait, connaissait des centaines de personnes dans tous les milieux, et surtout, possédait une culture artistique étonnante.

Plus elle y songeait, moins Yolanda comprenait comment elle avait pu se tromper à ce point sur son compte. Aujourd'hui, elle savait que, même si son amour pour lui ne ressemblait en rien à celui qu'elle avait éprouvé pour son premier mari, sa mère avait réellement apprécié cet homme qu'elle s'était donné la peine de découvrir et, finalement, d'aimer. Comme elle, Yolanda devait s'ouvrir aux autres, se montrer tolérante au lieu de rejeter ceux qui ne lui plaisaient pas sans même chercher à savoir ce qui se cachait derrière une façade parfois déroutante. Si elle avait agi ainsi avec son beau-père, elle aurait compris combien la mort de son épouse adorée l'avait affecté, elle se serait montrée plus tendre et attentive envers lui. Alors, il l'aurait sûrement traitée différemment et ne lui aurait jamais présenté des personnages aussi douteux que Harpole et Watson.

La jeune fille poussa un soupir de soulagement en pensant que, désormais, tout allait changer.

Ils déjeunèrent dans une auberge où M. Garrack réserva une salle privée pour discuter tranquillement avec sa belle-fille, non sans s'être assuré auparavant que les domestiques qui les accompagnaient seraient bien reçus et correctement nourris. Même à l'époque où elle ne l'aimait pas, Yolanda avait toujours été touchée par le respect avec lequel son beau-père traitait ses domestiques.

– Quand j'étais jeune gradé pendant mes années de service militaire, lui avait-il expliqué un jour, j'ai appris qu'un bon officier doit toujours prendre soin de ses soldats avant de penser à lui. Depuis, j'ai toujours essayé d'appliquer ce principe dans ma vie privée et j'attends de vous que vous fassiez de même.

La jeune fille avait acquiescé d'autant plus sincèrement qu'elle considérait depuis longtemps sa femme de chambre comme une amie, ce qui l'avait d'ailleurs poussée à demander à son beau-père de l'emmener avec eux à Londres.

Une fois les chevaux reposés, ils se remirent en route et atteignirent Londres à l'heure du dîner. Yolanda eut un léger pincement au cœur en découvrant la haute bâtisse grise que le soleil déclinant ne suffisait pas à sortir de la pénombre.

Elle regrettait déjà le grand parc fleuri, les parfums subtils des fleurs qui embaumaient l'atmosphère, et surtout l'immense forêt où elle galopait chaque matin, les cheveux au vent, telle une amazone.

Heureusement, la chaleur des murs couverts de boiseries, de la grande cheminée, des tapis, et du mobilier en chêne massif dissipa rapidement ce premier malaise, et elle s'étonna presque du plaisir qu'elle ressentit à s'installer dans sa grande chambre en bois de rose dont la porte-fenêtre ouvrait sur un adorable petit balcon en pierre.

Tandis qu'elle disposait ses affaires de toilette sur la grande coiffeuse, elle se remémora les paroles de son beau-père concernant son éventuel mariage. Était-ce dans ce but qu'il l'emmenait passer la saison à Londres alors qu'elle était toujours en deuil ? De toute évidence, il avait l'intention de la présenter dans le monde et s'attendait à ce qu'elle accepte toutes les invitations qu'elle recevrait… Exigence à laquelle elle se plierait pour lui faire plaisir, mais qui l'enchantait d'autant moins qu'elle se sentait toujours en deuil de sa mère.

Au cours du dîner, M. Garrack lui montra la liste des personnes auxquelles il avait écrit pour annoncer leur arrivée.

– J'ai essayé de me souvenir de tous les amis de votre mère, indiqua-t-il. Si vous pensez que j'en ai oublié certains, dites-le-moi.

La jeune fille étudia la longue liste de noms et secoua la tête.

– Je n'en connais même pas la moitié… Mais j'ai l'impression qu'il faudra prolonger notre séjour jusqu'à Noël si je dois accepter une invitation de chacune de ces personnes, ajouta-t-elle d'un ton mi-amusé, mi-contrarié.

Son beau-père s'esclaffa.

– Ne vous inquiétez pas, ils n'organiseront pas tous des bals ou des dîners. En outre, si cela ne vous plaît pas, vous avez le droit de refuser. J'espère seulement que vous ne passerez pas toutes vos soirées enfermée ici avec votre vieux beau-père décrépit pour toute compagnie.

– Décrépit ! Vous plaisantez, protesta Yolanda. Vous êtes plus alerte qu'un jeune homme et je ne serais pas surprise que vous remportiez plus de succès auprès des femmes que je n'en obtiendrai moi-même avec les hommes.

– Pas de fausse modestie, Yolanda. Je suis déjà certain que vous serez la plus jolie débutante de cette saison. La reine du bal ! À ce propos, nous nous occuperons de votre nouvelle garde-robe dès demain.

Yolanda réprima une grimace. Elle se souvenait encore de la manière dont son beau-père avait renouvelé sa garde-robe la dernière fois qu'elle les avait rejoints, lui et sa mère, à Londres pour les vacances. Le lendemain de son arrivée, une vendeuse, flanquée de deux couturières, s'était présentée dans sa chambre avec ce qui lui était apparu alors comme une montagne de boîtes. Elle avait passé la matinée entière à essayer des toilettes plus élégantes les unes que les autres et, finalement, son beau-père avait choisi sans même prendre son avis.

Aussi fut-elle surprise de l'entendre poursuivre :

– Je pense que vous êtes assez grande maintenant pour savoir vous-même ce que vous désirez porter. Aussi, je vous laisse choisir… À condition cependant que vous me promettiez de ne pas vous soucier du prix…

– Vous êtes si gentil ! s'exclama Yolanda avec un sourire reconnaissant.

– Rien de ce que je pourrai vous offrir n'égalera jamais le cadeau que votre mère m'a fait en acceptant de m'épouser. Toutes les paroles, tous les vêtements et tous les bijoux du monde représentent bien peu de chose en comparaison du bonheur qu'elle m'a donné. Et votre propre bonheur est tout ce que je demande en remerciement de ma générosité envers vous.

Yolanda enveloppa son beau-père d'un regard tendre, se reprochant une fois encore de n'avoir pas su l'apprécier plus tôt. À l'instar de sa mère, elle aurait découvert depuis longtemps déjà qui il était réellement si elle s'était intéressée à ce qu'il ressentait au lieu de ne s'occuper que de ses propres problèmes et de ses propres sentiments. Ne voyant en lui que le remplaçant de son père, elle s'était refusée à l'aimer et, surtout, à se laisser aimer de lui. Mais, une fois encore, elle se promit de rattraper le temps perdu.

Suivant le désir de son beau-père, Yolanda passa la matinée du lendemain à essayer des toilettes apportées jusque chez elle par les magasins les plus chics de Londres. Elle choisit quatre tenues pour le jour et cinq robes de soirée, toutes du dernier cri. Les vendeuses ne cessaient de s'extasier de sa beauté et surtout de son allure altière qui faisait paraître tout ce qu'elle portait d'une élégance inouïe. Ce fut un véritable défilé ce matin-là, les chausseurs suivant les couturières, elles-mêmes précédées des bijoutiers, des maroquiniers, etc. En dépit de sa promesse, Yolanda ne put s'empêcher de songer au prix de tous ces nouveaux atours offerts par son beau-père.

Elle sélectionna sa plus belle toilette – une robe longue en taffetas vert sombre gansée de ruban doré – pour l'accompagner le soir même chez un vieux couple d'amis de sa mère dont elle n'avait conservé qu'un vague souvenir.

Dès qu'ils entrèrent dans la salle de réception, leurs hôtes se précipitèrent vers eux pour les accueillir.

– Quel plaisir de vous revoir, Yolanda, déclara la maîtresse de maison en la serrant contre son cœur. Vous avez tellement changé depuis la dernière fois que nous nous sommes rencontrées ! Vous êtes devenue une magnifique jeune fille maintenant. Venez, j'ai hâte de vous présenter à ma petite famille.

Un petit frisson parcourut la jeune fille quand son interlocutrice l'entraîna vers un groupe de jeunes gens où six paires d'yeux masculins se fixèrent instantanément sur elle. Elle se força à paraître naturelle, réprimant une formidable envie de fuir et de se mettre à l'abri de ces regards. L'image de Cecil Watson glissa devant ses yeux.

Sa compagne fit les présentations :

– Voici mes trois fils, John, Stevens, Wallace, et mes deux filles, Jane et Mary.

Malgré l'angoisse qui lui nouait l'estomac, Yolanda salua l'un après l'autre les trois jeunes hommes et les deux jeunes filles qui lui présentèrent à leur tour leurs amis. De toute évidence, son exceptionnelle beauté n'avait pas échappé aux représentants de la gent masculine qui ne la quittaient pas des yeux.

Elle tressaillit quand Stevens, le fils aîné de la maison, lui prit le bras pour la conduire jusqu'à la salle à manger. Élégant, courtois, il semblait un parfait gentleman, et Yolanda se maudit intérieurement de sa couardise. Une fois encore, elle tenta sans succès de chasser de son esprit les traits avides et menaçants de Cecil Watson.

– Vous êtes la plus jolie débutante que j'aie rencontrée depuis des années, remarqua galamment le maître de maison au cours du dîner. Je ne comprends pas pourquoi vous nous avez privés de votre présence aussi longtemps.

Yolanda se força à lever les yeux vers lui.

– Nous… vivions à la campagne, parvint-elle à articuler.

– Eh bien, je sens que nous vous croiserons à toutes les soirées à partir d'aujourd'hui. Et je ne doute pas que la crème de nos jeunes gens se battra pour s'y faire inviter en même temps que vous.

La jeune fille frémit à cette seule pensée. Puis son regard croisa celui, rassurant, de son beau-père de l'autre côté de la table.

« Tu n'as rien à craindre. Je suis là », semblait-il lui murmurer.

Alors, consciente qu'elle avait une bataille à livrer, elle se redressa et sourit.

5

Deux semaines plus tard, Yolanda ne ressemblait plus à la jeune fille inquiète et effarouchée qui était entrée en tremblant à sa première réception londonienne. Elle ne frémissait plus de peur dès qu'un homme glissait un bras autour de sa taille pour l'inviter à danser, ne rougissait plus à chaque compliment, et sentait à la nouvelle confiance qui l'avait envahie qu'elle avait gagné sa bataille.

Belle, intelligente, spirituelle, elle n'avait pas tardé à devenir « la reine du bal », confirmant les prédictions de son beau-père. Tout le monde la connaissait, y compris ceux qui n'avaient pas encore eu la chance de la croiser au cours d'une soirée et rêvaient de rencontrer cette magnifique beauté restée si longtemps cachée à la campagne.

Pourtant, un soir, un incident troubla Yolanda qui, après avoir dansé deux ou trois fois avec un jeune homme qu'elle trouvait un peu moins ennuyeux que les autres, rejoignit brusquement son beau-père dans le salon, lui déclarant, le souffle court :

– J'aimerais que nous rentrions, beau-papa.

M. Garrack la regarda d'un air surpris, mais répondit sans poser de question :

– Bien sûr, si vous le souhaitez.

Le temps de saluer leur hôtesse et ils sortirent sur le perron. Ils n'échangèrent aucune parole en attendant leur calèche et ce n'est qu'une fois à l'intérieur de la voiture que M. Garrack demanda :

– Que s'est-il passé, Yolanda ?

Pendant un instant, il crut que la jeune fille allait refuser de lui répondre. Mais, finalement, les yeux baissés sur ses mains fermement serrées l'une contre l'autre, elle déclara :

– L'homme avec qui je dansais… Il m'a demandé de l'épouser.

Il y eut un bref silence après lequel M. Garrack remarqua avec douceur :

– Êtes-vous consciente du compliment qu'il vous a fait ? Vous lui plaisez tellement qu'il est prêt à vous offrir toute sa vie. Cela pour le meilleur et pour le pire jusqu'à la mort. À cette époque vous serez peut-être chauve, aveugle, édentée et d'un caractère exécrable.

Yolanda fronça les sourcils et leva un regard incertain vers son beau-père. Devant ses yeux moqueurs, elle éclata de rire.

– Vous avez raison, beau-papa… Je me suis conduite comme une idiote… Mais j'ai été tellement surprise !

– Vous vous êtes enfuie ? Comme ça, sans un mot d'explication ?

Yolanda acquiesça d'un air gêné.

– Eh bien, celui-là au moins ne vous accusera pas de lui avoir couru après ! plaisanta M. Garrack.

La jeune fille rit à nouveau et posa la tête sur son épaule.

– Je ne comprends pas pourquoi j'ai réagi ainsi. Pourtant, je vous assure que je ne suis plus du tout aussi effrayée qu'avant.

– Je le sais. D'ailleurs, avec le succès que vous remportez, une nouvelle vie s'offre à vous. Ce serait ridicule de vous inquiéter encore à propos du passé. Seul demain compte à partir de maintenant.

– Vous avez raison, beau-papa. J'espère que vous ne m'en voulez pas trop de m'être conduite aussi stupidement ?

M. Garrack haussa les épaules.

– Je n'aurais pas tardé à rentrer de toute façon, fit-il avec détachement. Il commence à être tard et je dois me lever tôt demain matin.

Consciente qu'il mentait pour la mettre à l'aise, Yolanda déposa un petit baiser sur sa joue.

– Merci, dit-elle.

Au cours de la semaine suivante, M. Garrack annonça à sa belle-fille son intention de passer le week-end dans sa propriété à la campagne. Le regard de Yolanda s'éclaira.

– À la campagne ! C'est merveilleux ! s'exclama-t-elle.

– D'autant plus que de nouveaux chevaux vous attendent, répondit son beau-père, ravi de sa joie. J'ai également reçu trois nouveaux tableaux qui devraient beaucoup vous plaire.

– Pourquoi ne me les avez-vous pas encore montrés ? Je meurs d'envie de les voir.

– Malheureusement, il vous faudra encore attendre un peu. J'ai eu un empêchement le jour de la vente et j'ai chargé mon secrétaire de les acheter pour moi. Il les a directement emportés jusqu'à ma maison de campagne.

Yolanda eut une petite moue déçue.

– Je suis tellement impatiente de les voir ! Sont-ils l'œuvre de peintres connus ?

– Très connus, répondit M. Garrack avec fierté. Il y a un Van Dick et deux Stubbs.

– Des Stubbs ! Oh, beau-papa, comme j'ai hâte d'être là-bas pour les admirer ! J'aime tellement ses chevaux !

L'enthousiasme de Yolanda ne manqua pas d'amuser M. Garrack.

– Dans ce cas, je ne doute pas que vous approuverez mes nouvelles acquisitions. Moi aussi, je suis pressé de les voir de plus près. Cela me changera des tableaux de cette maison.

– Pourquoi dites-vous cela, beau-papa ? Ici aussi, vous avez de très belles toiles.

– Rien de comparable avec celles que je possède à la campagne. Pour être franc, je trouve que j'ai manqué de discernement au début de ma collection. Je ne connaissais pas grand-chose à l'art à l'époque. Depuis, j'ai beaucoup étudié. Surtout, j'ai eu la chance d'avoir de bons professeurs.

Yolanda adressa un sourire admiratif à son beau-père. Beaucoup d'hommes dans son cas se seraient contentés de s'enrichir matériellement, mais lui, avait toujours éprouvé le besoin d'approfondir parallèlement ses connaissances artistiques et intellectuelles.

Elle ouvrait la bouche pour lui poser une autre question sur ses tableaux quand il déclara :

– Nous aurons un invité ce week-end. Il s'agit de lord Milborne, un grand amateur d'art auquel j'ai promis de montrer mes dernières acquisitions. J'ai appris par hasard que, lui aussi, s'intéresse aux nouveaux freins à air comprimé que les Américains utilisent sur leurs trains. J'espère découvrir jusqu'à quel point il compte s'investir dans cette nouvelle invention.

Yolanda fronça les sourcils. Elle s'apprêtait à demander à son beau-père comment il prévoyait d'obtenir ce renseignement quand le majordome entra dans la pièce.

– Désolé de vous déranger, monsieur, s'excusa-t-il, mais il y a ici un homme qui vient pour l'installation de l'éclairage au gaz dans l'aile des domestiques. J'ai cru comprendre qu'il avait quelques problèmes à cause du toit.

– Très bien, je vais le recevoir, répondit M. Garrack.

Il sortit de la pièce avant que Yolanda ait eu une chance de lui parler. La jeune fille demeura un instant immobile, pensive et soucieuse. Lord Milborne… Elle se souvenait parfaitement de ce nom. Elle avait entendu son père le prononcer des années auparavant alors qu'ils se trouvaient à Baden-Baden. À l'époque, ils occupaient une suite à l'hôtel Stephanie, le plus luxueux palace de la ville. Elle avait quatorze ans et se souvenait encore de ce voyage comme de l'un des épisodes les plus heureux de sa vie. La ville était si belle avec ses jardins, ses jets d'eau et ses arbres en fleurs… Et, bien sûr, il y avait le casino, ce lieu mythique où elle n'avait pas le droit d'entrer mais qui représentait un élément fondamental de la vie de ses parents. C'est là qu'ils avaient passé la première nuit après leur arrivée, la laissant aux soins de sa gouvernante. Le lendemain matin, elle les avait retrouvés, heureux et tout excités d'avoir gagné. Ils étaient allés aux courses dans l'après-midi, puis s'étaient de nouveau rendus au casino après le dîner. Mais quand Yolanda s'était éveillée le jour suivant, la gaieté de la veille s'était envolée. Elle avait trouvé son père abattu malgré les paroles réconfortantes que lui prodiguait sa femme, lui assurant que tout s'arrangerait dans la journée. Trois jours plus tard, le comte avait perdu tout ce qu'il possédait.

Yolanda revoyait encore ses parents assis auprès d'elle sur un banc de pierre dans les jardins de l'hôtel Stephanie. Son père se lamentait, cherchant une solution pour payer la note de l'hôtel quand lord Milborne était passé devant eux. Elle se souvenait de lui comme d'un homme aux traits fins et réguliers, à l'allure altière, à peine plus âgé que son père. Dès qu'il les avait aperçus, il s'était dirigé vers eux avec un sourire avenant.

– Longwood, je vous cherchais justement ! s'était-il exclamé. Il paraît que vous avez eu une journée désastreuse hier. Aussi, je tenais à vous informer que j'avais un gagnant à vous proposer pour la course de cet après-midi.

Le comte s'était levé et Yolanda avait regardé les deux hommes disparaître, côte à côte, au bout de l'allée.

C'est à ce moment que sa mère avait posé sa main sur la sienne en déclarant :

– J'espère que lord Milborne aidera papa. Autrement, nous aurons de graves ennuis.

En voyant son père revenir vers elles, un large sourire aux lèvres, Yolanda avait compris qu'ils étaient sauvés. Le comte s'était penché vers sa femme pour l'embrasser avant d'annoncer :

– Tout est arrangé, ma chérie. Nos prières ont été exaucées. Nous ne serons pas jetés à la rue.

– Lord Milborne nous a aidés ?

– Il s'est montré extrêmement généreux. Il m'a dit que je le rembourserai quand le cheval qu'il m'a indiqué dans la course de cet après-midi sera arrivé gagnant.

Le cheval avait gagné, et Yolanda et ses parents avaient passé deux autres semaines de rêve à Baden-Baden. Lord Milborne les avait sauvés.

Yolanda sentit son estomac se contracter douloureusement. Elle savait que son beau-père ne lui demanderait aucune aide pour obtenir de lord Milborne les renseignements qu'il souhaitait. Mais sa reconnaissance envers l'homme qui, des années auparavant, leur avait épargné, à ses parents et elle-même, la ruine et la honte, l'empêchait d'agir comme une complice silencieuse.

Au cours des dîners auxquels elle avait assisté, il avait été fréquemment question de ces fameux freins à air comprimé. Depuis la construction des lignes de chemin de fer de Stockton et de Darlington en 1825 pour le transport du charbon, le train avait connu un essor prodigieux en Angleterre. Suivant l'exemple de ce pays, les autres contrées d'Europe commençaient aussi à construire leur réseau ferroviaire. Mais toutes se heurtaient aux même problème : le freinage. Actionnés manuellement, les freins nécessitaient une coordination parfaite entre les ouvriers qui les actionnaient, la moindre erreur se révélant souvent fatale. Aussi, l'invention d'un système de freinage à air comprimé par un Américain nommé Westinghouse intéressait-elle au plus haut point les industriels et les hommes d'affaires européens.

La lueur d'intérêt dans l'œil de son beau-père lorsqu'il lui avait parlé de ce marché éventuel n'avait d'ailleurs pas échappé à Yolanda qui le soupçonnait d'essayer de l'obtenir avant les autres. Bien sûr, elle souhaitait qu'il réussisse dans son entreprise… mais pas aux dépens de lord Milborne.

Quelques minutes plus tard, elle avait pris sa décision. Après avoir découvert l'adresse de lord Milborne dans le gros répertoire sur le bureau de son beau-père, elle fit atteler la voiture pour se rendre en ville.

– 93, Grosvenor Square, ordonna-t-elle au cocher.

Quand celui-ci s'arrêta devant une imposante demeure de style Tudor sur la plus belle place de Londres, une angoisse sourde l'envahit, elle faillit lui ordonner de faire demi-tour. Mais le souvenir du sourire radieux de son père au retour de sa promenade avec lord Milborne l'en empêcha.

Un domestique sauta de l'arrière de la calèche et tira la sonnette à côté de la lourde porte en chêne.

Yolanda retint sa respiration.

La seconde suivante, un majordome en livrée noir et jaune s'encadrait dans l'embrasure.

– J'aimerais voir lord Milborne, déclara la jeune fille, presque surprise de l'assurance de sa voix.

– Qui dois-je annoncer ?

– Lady Yolanda Wood.

Visiblement impressionné par le titre de sa visiteuse, le majordome s'inclina avant de l'inviter à la suivre à travers un immense hall vitré jusqu'à une porte sur la droite. Elle l'entendit annoncer son nom avec emphase avant de s'effacer pour la laisser entrer dans une grande bibliothèque aux étagères couvertes de livres. Deux grandes portes-fenêtres ouvraient sur un adorable petit jardin bordé de murs.

Un homme jeune au visage avenant était assis derrière un grand bureau de chêne. Ils se leva pour accueillir Yolanda qui fronça les sourcils. Malgré une vague ressemblance, il ne s'agissait pas du lord Milborne dont elle avait gardé le souvenir.

– Je suis ravi de vous rencontrer, lady Yolanda, dit-il en tendant une main. J'ai beaucoup entendu parler de vous.

– Mais… vous n'êtes pas lord Milborne.

Le jeune homme sourit.

– Je suppose que vous vous attendiez à rencontrer mon père. Malheureusement, il nous a quittés il y a déjà deux ans.

– Oh, je suis désolée ! s'exclama sincèrement la jeune fille. Je l'avais rencontré à Baden-Baden, où je me trouvais avec mes parents il y a de nombreuses années. Il avait aidé mes parents dans un moment difficile, et ils lui en étaient extrêmement reconnaissants.

Un sourire de fierté apparut sur le visage du nouveau lord Milborne.

– Cela ressemble bien à mon père, commenta-t-il avec fierté.

Changeant de sujet, il ajouta :

– Je déduis de votre visite que vous savez que votre beau-père m'a invité à passer le week-end dans son manoir pour me montrer les tableaux qu'il vient d'acheter.

– Oui, acquiesça Yolanda. Il semble très content de cette acquisition. Je suis sûre que ces toiles sont superbes.

– Je n'en doute pas. Je possède moi-même des œuvres de Stubbs, et je vous assure que si votre beau-père m'en avait laissé l'occasion, je me serais empressé d'agrandir ma collection… Mais il a été plus rapide que moi, ajouta lord Milborne avec un haussement d'épaules résigné. Au fait, je manque à tous mes devoirs. Puis-je vous offrir quelque chose à boire ?

Yolanda s'empressa de décliner l'offre.

– Merci, mais… je vais partir, bredouilla-t-elle avec gêne. J'étais venue voir votre père sans en avertir mon beau-père et… maintenant, je ne sais plus ce que je dois faire.

– J'ignore la raison de votre visite, mais je vous en prie, permettez-moi, si cela est possible, de prendre la place de mon père, dit rapidement lord Milborne. Si je peux vous aider en quoi que ce soit, j'en serai ravi.

L'invitant d'un geste à s'asseoir sur le grand canapé de cuir près de la cheminée, il ajouta :

– Avez-vous des ennuis ? Beaucoup de personnes s'adressaient à mon père en cas de problème, aussi ai-je le sentiment que c'est la raison qui vous amène ici.

Yolanda secoua la tête.

– Non, c'est plutôt la reconnaissance que j'éprouve pour votre père qui m'a poussée à vous rendre visite aujourd'hui. Il s'est montré tellement généreux avec nous à Baden-Baden.

– De quelle façon ?

Yolanda détourna son regard pour demander, légèrement gênée :

– Je suppose que vous savez que mon père était… joueur…

Lord Milborne sourit.

– Comme tout le monde, répondit-il avec gentillesse. Le joueur le plus charmant et le plus intéressant qui soit, d'après mon père. J'ai eu le plaisir de le rencontrer plusieurs fois aux courses il y a quelques années. C'était un homme spirituel, intelligent et extrêmement plaisant.

– Merci, fit Yolanda le regard brillant. Je suis heureuse que papa vous ait laissé ce souvenir.

– Oh, pas uniquement à moi ! Mon père aussi l'appréciait beaucoup. Et il n'était pas le seul.

– Mais il a été le seul à nous aider lorsque les choses ont mal tourné à Baden-Baden. Non seulement il a prêté une grosse somme d'argent à papa, mais il lui a donné le nom du gagnant de la course de l'après-midi.

– Cela ressemble bien à mon père, répéta lord Milborne, une lueur attendrie dans son regard sombre. Il a toujours eu à cœur d'aider ses amis. Je mets d'ailleurs un point d'honneur à suivre son exemple. Aussi, je vous en prie, laissez-moi prendre sa place en me confiant la raison de votre visite.

Yolanda inspira profondément. Finalement, consciente qu'elle était allée trop loin pour reculer, elle déclara :

– Vous connaissez la fortune de mon beau-père… et vous savez combien il a dû se battre pour en amasser chaque penny.

– J'en ai entendu parler, acquiesça lord Milborne. Nous sommes nombreux à l'admirer pour son courage.

– C'est un homme d'une grande bonté. Je ne le remercierai jamais assez de tout ce qu'il a fait pour maman et moi après la mort de papa…

La jeune fille fit une pause avant de reprendre d'une voix plus grave :

– Je sais que dans le monde des affaires les règles sont parfois différentes… Je veux dire… Enfin, il faut parfois faire certaines choses qui…

Lord Milborne vola à son secours.

– Je comprends ce que vous voulez dire.

– Vous devez me trouver ingrate, mais… Vous comprenez, votre père a été tellement gentil avec le mien. C'est pourquoi je ressens comme un devoir aujourd'hui de vous prévenir que mon beau-père est très intéressé par le système de freinage à air comprimé inventé en Amérique… Il…

Incapable de poursuivre, Yolanda s'arrêta et leva vers lord Milborne un regard rempli d'appréhension.

– Merci, dit simplement celui-ci en lui souriant. C'est très courageux de votre part d'être venue dans l'intention de prévenir mon père, lady Yolanda. Je comprends parfaitement les raisons qui vous y ont poussée.

La jeune fille poussa un soupir de soulagement.

– Mon beau-père est un homme très intelligent, reprit-elle. Il parvient toujours à obtenir ce qu'il veut… J'ai cru comprendre que vous étiez, vous aussi, intéressé par ce système de freinage…

– Je le suis, effectivement. Je vous suis d'ailleurs très reconnaissant d'avoir pensé à mon père – et donc à moi – à ce sujet.

Estimant s'être montrée suffisamment explicite, Yolanda se leva.

– Je vous en prie, supplia-t-elle. Ne parlez pas de ma visite à mon beau-père.

– Ne vous inquiétez pas, cela restera un secret entre vous et moi. Je tiens encore à vous remercier d'avoir pensé à mon père. Je suis sûr qu'il aurait beaucoup apprécié le courage de votre geste.

– À vendredi soir, alors, dit la jeune fille en se dirigeant vers la porte.

– Oh, j'oubliais…, l'arrêta soudain son compagnon.

Elle se tourna vers lui, intriguée.

– Peut-être aimeriez-vous jeter un coup d'œil aux tableaux de Stubbs dans le salon ? reprit-il. J'ai également une magnifique Vénus peinte par Titien.

– Je ne voudrais pas vous déranger. Vous avez sans doute autre…

– Vous ne me dérangez pas du tout, répondit lord Milborne en guidant la jeune fille par le coude.

Le salon était une pièce magnifique à l'atmosphère intime et chaleureuse. Des tapis orientaux aux teintes chatoyantes recouvraient le parquet de chêne et d'énormes bouquets de fleurs embaumaient l'air de senteurs lourdes et subtiles. Au-dessus de la cheminée, trônait le *Vénus et Adonis* de Titien. Bien qu'il ne représentât pas des chevaux mais deux guépards, Yolanda reconnut immédiatement la facture de Stubbs dans le tableau accroché entre les deux fenêtres.

– Ces tableaux sont de véritables chefs-d'œuvre ! s'exclama-t-elle avec sincérité. Vous avez une chance extraordinaire de pouvoir les contempler chaque jour.

Lord Milborne eut un sourire modeste.

– Croyez bien que j'en suis conscient. Mais ma collection reste bien petite comparée à celle de votre beau-père. Cependant, mon père m'a légué quelques œuvres moins célèbres mais très belles qui sont restées dans notre propriété familiale à soixante kilomètres de Londres. Je suis certain qu'elles vous plairaient, et j'espère avoir un jour l'occasion de vous les montrer.

– J'en serais ravie, répondit Yolanda. Je me souviens que votre père avait invité mes parents à passer quelques jours là-bas lorsque j'étais encore enfant. Je ne les avais pas accompagnés, mais ma mère était revenue enchantée.

– Je regrette d'avoir été absent lors de leur visite. Cela m'aurait permis de rencontrer votre mère dont j'ai si souvent entendu vanter l'exceptionnelle beauté. Il paraît que vous lui ressemblez.

– Je l'espère, répondit simplement Yolanda en baissant les yeux.

Son compagnon la raccompagna jusqu'à sa calèche, toujours arrêtée devant la porte d'entrée.

– Merci, dit-elle en se retournant sur le marchepied.

– C'est à moi de vous remercier, fit lord Milborne.

Il maintint une brève seconde la main de sa compagne dans la sienne. Puis, les yeux plongés dans les siens, il ajouta comme s'il quêtait une promesse :

– À vendredi... ?

– À vendredi, répondit Yolanda avec un sourire.

Elle regarda le jeune homme une dernière fois avant que la calèche tourne dans l'avenue. Il était toujours debout devant la porte et suivait la voiture des yeux.

Sur le trajet du retour, un désagréable sentiment de culpabilité s'empara de Yolanda à l'idée d'avoir trahi les intentions de son beau-père. Pourtant, au fond d'elle-même, elle savait qu'elle avait fait le bon choix.

À son arrivée, M. Garrack lui annonça qu'une fois encore, ils dînaient à l'extérieur. Elle accueillit cette nouvelle avec d'autant plus de soulagement qu'elle lui permit de monter se préparer directement sans être questionnée sur ses activités de l'après-midi.

– Vous êtes magnifique, mon enfant ! s'exclama son beau-père quand elle descendit le grand escalier de l'entrée, parée d'une nouvelle toilette de soie et d'organdi bleu pâle. Nul doute que vous ferez encore sensation ce soir.

Avec un sourire modeste, Yolanda demanda :

– Chez qui sommes-nous invités, beau-papa ?

– Le vicomte Startford de Redcliffe à Grosvenor Square.

La jeune fille tressaillit en entendant l'adresse de leur hôte. Si par malchance le vicomte avait remarqué la calèche de son beau-père cet après-midi, il risquait de révéler involontairement sa visite secrète à lord Milborne.

Les craintes de Yolanda s'amplifièrent encore quand le cocher stoppa devant la demeure située face à celle de lord Milborne. Heureusement, le vicomte déclara rapidement au cours de la conversation qu'il avait été absent toute la journée. Il n'était rentré que quelques heures plus tôt pour surveiller les derniers préparatifs de la soirée. Soulagée, Yolanda participa gaiement au dîner avant de se diriger, au bras du fils de la maison, vers la grande salle de bal. L'air tiède de la nuit pénétrait par les portes-fenêtres ouvertes. Après plusieurs danses, elle accepta d'accompagner son dernier cavalier sur la terrasse pour se rafraîchir… et reçut, sous la lueur blême de la pleine lune, sa seconde proposition de mariage. Cette fois, elle ne s'enfuit pas, mais sourit avec douceur au grand jeune homme qui la fixait d'un regard intense et inquiet. Pour l'avoir fréquemment rencontré aux cours des semaines précédentes, elle commençait à le connaître un peu et appréciait sa gentillesse et ses bonnes manières. Mais elle devait bien s'avouer qu'elle aurait pris beaucoup plus de plaisir à participer à la conversation entre son beau-père et leurs hôtes au fond de la salle qu'à écouter les propos mièvres de son compagnon.

– Je vous remercie beaucoup, répondit-elle à ce dernier. Je suis très honorée que vous envisagiez de me prendre pour épouse. Mais, sincèrement, je n'ai aucune intention de me marier pour le moment.

– Je comprends, acquiesça son compagnon en dissimulant mal son dépit. En fait, je me doute que vous avez déjà reçu beaucoup d'autres propositions. Pourtant, si vous me promettez de songer à moi, j'attendrai des années, s'il le faut.

– C'est extrêmement touchant de votre part, mais je n'ai pas le droit d'accepter. En revanche, je serais ravie que nous soyons amis.

Le jeune homme eut un sourire amer.

– J'accepte ce que vous voulez bien m'accorder, dit-il. Mais votre beauté éveille en moi des sentiments bien différents de l'amitié et je ne pourrai pas m'empêcher d'espérer qu'un miracle se produise.

Désireuse de mettre un terme à cette conversation, Yolanda déclara en frottant ses bras nus :

– J'ai froid. Si nous retournions à l'intérieur ?

Son compagnon la suivit à regret, sachant déjà qu'à peine de retour dans la salle de bal il se la ferait voler par un autre admirateur transi.

Il était près d'une heure du matin quand son beau-père annonça à Yolanda qu'ils rentraient. Pressée de se retrouver seule dans sa chambre, la jeune fille le suivit avec soulagement.

– Je vous observais ce soir pendant que vous discutiez avec vos amis, déclara Yolanda sur le trajet du retour. Vous sembliez tous extrêmement sérieux. De quoi parliez-vous ?

Le fou rire saisit M. Garrack.

– À votre avis ?

– Oh, d'affaires, probablement.

– Vous avez gagné ! Vous savez que les affaires sont le seul domaine que je connaisse vraiment.

– Avec l'art et beaucoup d'autres choses... remarqua gentiment Yolanda. Alors, quel était le sujet de ce soir ?

– Cela vous intéresse vraiment ? Eh bien, une fois encore, ce fameux système de freinage à air comprimé inventé par les Américains. D'après un rapport confidentiel, il représente l'avenir... et la fortune assurée pour ceux qui sauront investir à temps.

Une fois couchée, Yolanda songea de nouveau à lord Milborne. Elle aurait aimé l'aider, mais si son beau-père avait réellement décidé de se battre pour obtenir le marché des freins à air comprimé, le pauvre n'aurait aucune chance...

« Au moins, l'aurai-je averti », se dit-elle avec un soupir avant de sombrer dans le sommeil.

À l'exemple des précédents, le jour suivant se partagea entre un déjeuner en plein air, une réception l'après-midi, et un dîner suivi d'un bal. Ces activités mondaines, qui auraient ravi n'importe quelle autre jeune fille de son âge, commençaient à ennuyer considérablement Yolanda qui, tout en se reprochant son manque d'enthousiasme, ne rêvait que de rentrer à la campagne. Elle aurait échangé sans un regret tout le faste de la vie de la bonne société londonienne contre une promenade en forêt avec Noisette. Évidemment, elle continuait à monter le pur-sang chaque matin, mais comment comparer ces balades au pas ou au trot dans les allées des quartiers chics avec ses anciennes courses folles à travers bois, les cheveux flottant au vent et le visage fouetté par les feuilles humides de rosée ?

Aussi, s'éveilla-t-elle le vendredi matin le cœur battant d'excitation à l'idée de regagner enfin la campagne.

Son beau-père avait acquis à Tattersall un nouvel attelage de quatre chevaux magnifiques qu'il décida de conduire lui-même. Installée auprès de lui, Yolanda s'étonna de la maîtrise avec laquelle il dirigeait ses bêtes, tout comme elle s'était étonnée quelques mois plus tôt de ses talents de cavalier.

– Vous conduisez très bien, beau-papa, remarqua-t-elle.

M. Garrack eut un sourire amusé.

– Je prendrais cette remarque pour un compliment si je ne sentais pas de l'étonnement dans votre ton, plaisanta-t-il. Est-ce que je me trompe ?

– Non, reconnut Yolanda. En fait, je me demandais où vous aviez appris à monter et conduire aussi bien des chevaux. Je suppose que votre famille n'en possédait pas.

– Vous avez raison. Mais dès que mes moyens me l'ont permis, j'ai pris des cours avec les meilleurs professeurs de Londres. Comme je vous l'ai souvent répété, quand je veux quelque chose, je ne ménage ni ma peine ni mon argent pour l'obtenir.

– J'en suis d'autant plus heureuse que cela me permet aujourd'hui de monter à cheval avec vous.

M. Garrack jeta un rapide coup d'œil à sa belle-fille. Les yeux fixés sur la route, elle rayonnait de bonheur.

– Cela fait longtemps que je ne vous ai pas sentie aussi heureuse, remarqua-t-il, attendri. La campagne vous manquait, n'est-ce pas ?

– Énormément. Là-bas, je me sens vraiment chez moi. J'ai tellement envie de retrouver la maison, le parc... et, bien sûr, les étables.

– N'oubliez tout de même pas de consacrer un peu de votre temps à notre invité. Lord Milborne doit nous rejoindre avant le dîner. Je lui montrerai mes tableaux demain.

Yolanda fit une moue.

– Pas avant notre promenade à cheval, dit-elle. Au fait, croyez-vous qu'il nous accompagnera ?

– Je serais très étonné qu'il refuse. Lord Milborne est un cavalier hors pair.

– Oh, vraiment ?

– Il a gagné plusieurs courses et conduit lui-même ses lévriers.

Yolanda regarda son beau-père d'un air surpris. Le gentleman-farmer qu'il décrivait semblait tellement différent du lord londonien auquel elle avait rendu visite à Grosvenor Square !

– Ces lévriers sont des bêtes splendides à ce qu'il paraît, poursuivait M. Garrack. D'ailleurs, je comptais lui demander conseil pour acheter les miens.

– Vous avez l'intention d'acheter des lévriers ? s'exclama Yolanda avec enthousiasme. Quelle bonne idée !

Ils quittèrent bientôt la route principale pour s'enfoncer dans la forêt du domaine de M. Garrack. Le soleil jouait entre les feuilles des arbres, projetant des ombres mouvantes sur le sol. La jeune fille inspira avec délices les senteurs d'humus et de fleurs. Dès que la calèche se fut arrêtée devant la grande bâtisse de pierre, elle sauta à terre et courut embrasser Mathilda, la vieille cuisinière qui les attendait, en tablier blanc, devant le perron.

Un domestique accourut pour descendre leurs bagages qu'il porta dans le grand hall.

– Vous avez tout le temps de vous préparer, Yolanda, déclara M. Garrack. Nos invités n'arriveront que vers dix-neuf heures.

– Nos invités ? Je croyais qu'il n'y avait que lord Milborne.

– Lord Milbone sera le seul à rester tout le week-end, mais j'ai prié quelques personnes de se joindre à nous pour le dîner, répondit M. Garrack.

Devant l'expression sombre de sa belle-fille, il se hâta de préciser :

– J'ai choisi chaque invité avec soin, certain qu'après tous ces bals à Londres vous auriez envie d'une compagnie moins superficielle.

Le sourire réapparut sur le visage de Yolanda.

– C'est très gentil de votre part, beau-papa.

– J'ai également prévu de la musique après le dîner.

– Un orchestre ? demanda la jeune fille en fronçant les sourcils.

Son beau-père ne venait-il pas de dire qu'ils ne danseraient pas ?

– Non, juste un pianiste… J'ai d'ailleurs pensé…

M. Garrack fit une pause comme s'il craignait de poursuivre.

– Oui ? l'encouragea Yolanda.

– Eh bien, je me souviens que vous aviez d'excellentes notes en musique et en chant au collège. Vous faisiez également partie de la chorale de la chapelle, n'est-ce pas ?

– Avez-vous l'intention de me demander de chanter ce soir ? demanda la jeune fille, une pointe d'inquiétude dans la voix.

– Pourquoi pas ? Ce serait votre contribution personnelle à cette soirée. Je suis sûr qu'elle sera très remarquée.

– Mon Dieu ! Rien que l'idée me terrifie ! Je n'ai pas pratiqué depuis des mois. D'ailleurs, je ne saurai pas quoi leur chanter.

– Chantez quelque chose de tendre et mélodieux. Après un bon repas et de bons vins, les gens se sentent toujours un peu romantiques.

Yolanda eut une moue dubitative.

– Dans ce cas, vos invités seront déçus qu'il n'y ait pas de bal.

– La plupart étant des couples mariés, cela m'étonnerait. Quant à lord Milborne, s'il est, comme on le prétend, poursuivi par toutes les jolies femmes de Londres, il ne viendra pas chercher l'aventure au fin fond de la campagne.

Tout à coup, Yolanda prit conscience que l'homme qui l'avait reçue dans sa maison de Grosvenor Square était extrêment séduisant. Lui rendant visite dans un but précis, elle n'avait vu dans son visage noble et volontaire que le reflet de celui de son père, oubliant presque que son interlocuteur n'avait pas plus de vingt-sept ans. Maintenant, au souvenir de son allure altière et de ses traits aristocratiques, elle imaginait facilement les mères ambitieuses pousser leurs filles dans ses bras. Ne les avait-elle pas vues agir ainsi à chaque bal avec ceux que leur œil acéré évaluait comme un « bon parti »… ?

Quant à elle, elle s'était conduite comme une idiote en se rendant chez lui sans songer à ce qu'il pourrait conclure d'une telle visite. Dès qu'elle avait appris que le lord Milborne qu'elle s'attendait à rencontrer n'était plus, elle aurait dû s'excuser et partir. À la seule idée que le jeune homme ait pu supposer qu'elle lui ait menti sur les véritables raisons de sa visite, Yolanda sentit ses joues s'empourprer.

Elle s'excusa et monta dans sa chambre se préparer.

Avec la fin de l'après-midi, les premiers invités commencèrent à arriver. Debout derrière la fenêtre de sa chambre, ses longs cheveux dorés relevés en un chignon lâche d'où s'échappaient quelques mèches ondulées, Yolanda observait les nouveaux venus à leur descente de calèche. Son beau-père ne lui avait pas menti : la plupart arrivaient en couples et leurs vêtements élégants mais sobres indiquaient qu'ils n'avaient aucune intention de danser. Elle-même avait revêtu une robe de taffetas dont la coupe droite soulignait sans ostentation sa longue silhouette gracile. Sa douce teinte ivoire rehaussait merveilleusement l'éclat de son teint de pêche. Contrairement à son habitude, Yolanda avait hésité longuement devant sa garde-robe, tourné des dizaines de fois devant son miroir avant de choisir une toilette. Ce soir, elle avait envie d'être plus belle que jamais. Et le serrement au cœur qu'elle éprouvait à la simple idée que lord Milborne ait changé d'avis et ne vienne pas au dîner, lui assurait que la perspective de revoir le jeune homme n'était pas étrangère à ce désir.

Elle jeta un dernier coup d'œil à son reflet.

– Vous êtes vraiment en beauté, ce soir, Milady, déclara Emily, admirative.

Yolanda lui sourit.

– Pensez-vous que les bijoux de maman iraient avec cette robe ? demanda-t-elle.

Sa femme de chambre secoua la tête.

– Je vous trouve parfaite ainsi. En outre, le moment serait mal choisi pour exposer vos bijoux.

– Mal choisi ? Que voulez-vous dire ?

– Oh, bien sûr, vous n'avez pas encore eu l'occasion d'entendre parler de la bande de brigands qui hante la région depuis plusieurs semaines. Ils ont déjà cambriolé plusieurs demeures et deux d'entre eux ont attaqué une jeune femme sur la route, lui dérobant son collier de perles, ses pendants d'oreilles et tout l'argent qu'elle possédait.

– Quelle horreur ! M. Garrack est-il au courant ?

– Je l'ignore, Milady.

Yolanda descendit l'escalier, inquiète pour les tableaux de son beau-père. Elle se rassura cependant en songeant que des bandits de grand chemin ne connaissaient probablement rien à la peinture, surtout lorsqu'elle était l'œuvre d'artistes aussi modernes que Stubbs.

« Il faut tout de même que je l'avertisse, se dit-elle. Des maîtres comme Holbein et Raphaël deviennent plus célèbres d'année en année, et on ne prend jamais assez de précautions. »

Elle sentit pourtant son inquiétude fondre à la vue des quatre valets en livrée postés devant la porte du grand hall. Elle allait poursuivre son chemin en direction de la salle à manger quand une silhouette en haut des marches l'arrêta net. Vêtu d'un élégant costume crème, lord Milborne descendait l'escalier, probablement après avoir déposé ses bagages dans la chambre qui lui était réservée. Dès qu'il vit Yolanda, un grand sourire éclaira son beau visage brun.

– Je suis heureuse que vous soyez venue, déclara la jeune fille quand il fut à sa hauteur. Je craignais que vous ne changiez d'avis.

– Comment l'aurais-je pu alors que vous m'avez promis de me montrer tant de choses ?

– À ce propos, j'ai cru comprendre que vous étiez également intéressé par la visite de nos écuries.

– Surtout par l'un de vos pensionnaires, précisa lord Milborne. Votre beau-père l'a acheté à Tattersall il y a quelques semaines au nez de mon contremaître.

Yolanda eut un petit rire.

– Je vois de quel cheval il s'agit, dit-elle.

– Dans ce cas, soyez gentille, offrez-moi l'occasion de le monter demain… Cela me permettra de regretter un peu plus d'avoir manqué de rapidité pour l'acquérir.

– Je le crains, fit Yolanda avec une petite moue compatissante. Champion est le meilleur cheval que j'aie jamais monté.

Un sourire éclaira le visage de son interlocuteur.

– Voilà une bonne raison pour atténuer mes regrets, remarqua-t-il avec galanterie.

– Oh ! attendez de l'avoir monté avant de dire ce genre de choses, répondit la jeune fille en gloussant. Une fois partis à travers bois au galop, j'ai bien peur que Champion et vous disparaissiez pour toujours de notre vue.

– Je n'y avais pas songé, mais cela me semble une excellente idée !

Yolanda et lord Milborne riaient joyeusement quand ils pénétrèrent ensemble dans la salle à manger.

6

La première pensée de Yolanda en s'éveillant le lendemain fut pour lord Milborne. Elle avait entendu son beau-père donner l'ordre de préparer les chevaux pour une promenade après le petit déjeuner et se réjouissait d'avance à l'idée de galoper à travers bois en compagnie de leur invité. Impatiente, elle s'habilla rapidement, ne prenant même pas le temps de jeter un dernier coup d'œil à son reflet dans le miroir avant de descendre.

Elle trouva les deux hommes dans la salle à manger en train de s'esclaffer devant le journal du matin.

– Bonjour. Qu'y a-t-il de si drôle ? s'informa-t-elle.

Ils se levèrent instantanément pour l'accueillir.

– Votre beau-père fait la une des journaux, indiqua lord Milborne en tirant la chaise à côté de la sienne pour l'inviter à s'asseoir.

– Vraiment ? En quel honneur ?

Son compagnon se tourna vers M. Garrack qui secoua la tête avant de déclarer avec un soupir :

– Ces journalistes sont incroyables ! Ils finissent toujours par annoncer en première page ce qu'on essaie de cacher.

– À vous entendre, on croirait que vous avez honte, s'étonna lord Milborne. Vous devriez être fier de vous, au contraire. D'ailleurs, tous les articles vous encensent.

– Si vous m'expliquiez de quoi il s'agit, suggéra Yolanda, intriguée.

– Lorsque j'ai entendu parler pour la première fois des deux Stubbs qui nous valent aujourd'hui la visite de lord Milborne, commença alors son beau-père, ils se trouvaient encore dans la maison de leur défunt propriétaire. Ayant appris que les commissaires-priseurs étaient déjà sur place pour préparer la vente, je décidai d'aller y jeter un coup d'œil. Évidemment les tableaux de Stubbs étaient installés en évidence à côté des autres pièces de valeur.

– C'est alors que votre beau-père a fait preuve d'une grande perspicacité, intervint lord Milborne à l'intention de Yolanda.

Celle-ci tourna un regard interrogateur vers M. Garrack qui reprit :

– Tandis que je regardais les autres objets, mon œil fut attiré par un tableau appuyé contre le mur. Le cadre était très abîmé, mais la toile me sembla intéressante. Je m'approchai… et alors mon instinct m'avertit que je ne m'étais pas trompé.

– Ce qui signifie… ? interrogea Yolanda, le cœur battant d'excitation.

– … Que votre beau-père a été le seul à déceler le chef-d'œuvre derrière cette toile en mauvais état, acheva lord Milborne. Ce qui lui a permis de l'acheter pour une bouchée de pain.

– Pour soixante-dix livres exactement, précisa M. Garrack.

– Et combien vaut-elle en réalité ? demanda Yolanda.

Son beau-père haussa les épaules en signe d'ignorance.

– Une fortune sans aucun doute, répondit lord Milborne. Après que votre beau-père l'eut acquise, un représentant de Sotheby venu de Londres pour la vente, l'a reconnue. Il s'agit de *Saint Georges et le Dragon* de Raphaël.

Yolanda éclata de rire.

– Le pauvre ! Il devait être dans une rage folle !

– Sans aucun doute, acquiesça son compagnon. D'autant plus que votre beau-père a eu l'intelligence de ne pas se rendre en personne à cette vente pour ne pas attirer l'attention. S'il avait été reconnu, le prix aurait grimpé.

Yolanda adressa un petit sourire complice à son beau-père dont les yeux brillaient de malice.

– Bravo, beau-papa ! Vous êtes vraiment très fort. Quant à moi, je brûle d'impatience d'admirer ce chef-d'œuvre… Et j'imagine ne pas être la seule.

– Je vous montrerai mes tableaux dès notre retour de promenade. Mais, pour l'instant, rendez-vous aux étables ! Je suis sûr que les chevaux piaffent d'impatience.

Yolanda se demanda qui, des chevaux ou d'eux-mêmes, étaient les plus impatients quand elle se retrouva, moins de dix minutes plus tard, juchée sur sa monture.

Il lui suffit de regarder lord Milborne sauter le premier obstacle de l'enclos pour comprendre qu'il s'agissait effectivement d'un cavalier hors pair. Il possédait cette grâce et cette agilité naturelle qu'elle admirait tant chez son propre père, et semblait ne faire qu'un avec son cheval.

Puis ils sortirent de l'enclos pour galoper dans la lande et à travers bois, ne rentrant, harassés mais ravis, que pour l'heure du déjeuner.

– Décidément, vous avez le don des affaires ! s'exclama lord Milborne, enthousiaste. Champion est un des meilleurs pur-sang que j'aie jamais monté. Le journal ne mentait pas ce matin : tout ce que vous touchez se transforme en or.

– Je dois reconnaître que j'ai beaucoup de chance, admit M. Garrack. Pourtant, j'aimerais que les gens se montrent plus discrets à ce sujet. Après un article comme celui de ce matin, je m'attends encore à recevoir des centaines de lettres m'expliquant comment dépenser ma fortune. Plus je donne, plus j'ai l'impression qu'on me reproche d'être riche.

Il poussa un soupir avant d'ajouter, philosophe :

– Enfin, je suppose que c'est la juste rançon du succès ! Je regrette surtout que ce ne soient jamais les plus nécessiteux qui m'appellent au secours.

Comme promis, le déjeuner terminé, M. Garrack conduisit Yolanda et son hôte dans le grand salon où étaient accrochés ses tableaux de Stubbs et de Raphaël.

– Beau-papa, ils sont magnifiques ! s'exclama la jeune fille avec sincérité.

Puis, songeant aux brigands dont lui avait parlé sa femme de chambre, elle ajouta :

– Vous possédez désormais une collection de grande valeur. Méfiez-vous des cambrioleurs.

– Ne vous inquiétez pas, ma chérie. Je vous assure que j'ai pris toutes les précautions nécessaires.

Ils s'attardèrent un long moment devant le *Saint Georges* de Raphaël, cherchant ensemble le cadre le mieux adapté à cette œuvre unique de ce merveilleux artiste italien du XVIe siècle.

– Encore bravo pour votre discernement, beau-papa ! déclara Yolanda, impressionnée. Je n'aurais jamais reconnu un tel chef-d'œuvre dans une toile en aussi mauvais état. Une fois nettoyée et encadrée, elle sera magnifique.

– Je regrette que votre mère ne puisse pas l'admirer. Elle aimait beaucoup la peinture religieuse. Je suis certain qu'elle aurait adoré ce tableau.

La jeune fille eut un petit sourire mélancolique et attendri. En toutes circonstances, son beau-père avait toujours une pensée pour son ancienne épouse. Comme il devait l'aimer !

Un peu plus tard dans l'après-midi, ils partirent de nouveau se promener à cheval.

– Avez-vous invité d'autres personnes à dîner, ce soir ? s'informa Yolanda au retour.

– J'ai pensé que ce serait agréable de passer la soirée seuls tous les trois, répondit M. Garrack avant de se tourner vers lord Milborne pour ajouter : j'espère seulement que notre hôte ne trouvera pas cela trop ennuyeux.

– Au contraire, protesta ce dernier. En outre, cela me permettra de parler sérieusement d'un sujet qui, je crois, nous tient à cœur à tous les deux.

Il lança un regard entendu à son interlocuteur qui, certain d'avoir compris, ne lui demanda pas à quel sujet il faisait allusion. Yolanda retint un soupir. Elle n'avait plus qu'à attendre le dîner pour satisfaire sa curiosité !

Elle choisit une robe en piqué de coton blanc et détacha ses cheveux avant de rejoindre les deux hommes dans la salle à manger. Des dizaines de bougies posées sur de grands chandeliers d'argent illuminaient la pièce. Leurs lueurs chaudes rosirent légèrement les joues de Yolanda et inondèrent de reflets dorés sa longue chevelure qui tombait en cascade sur ses épaules graciles. Lord Milborne enveloppa la jeune fille d'un regard brillant d'admiration.

Une fois encore, la cuisinière s'était surpassée. Les mets ravissaient le palais, et la conversation de lord Milborne se révéla aussi délicieuse et subtile que le vin qu'il avait apporté. Aussi, est-ce avec regret que Yolanda se prépara à quitter la table après le café afin de laisser les hommes discuter affaires.

Mais elle avait à peine repoussé sa chaise pour se lever que lord Milborne l'arrêta.

– J'espère que vous n'avez pas l'intention de nous quitter, milady, dit-il, car j'aimerais beaucoup que vous écoutiez ce que j'ai à dire à M. Garrack.

La jeune fille remarqua l'expression surprise de son beau-père. Apparemment, lui aussi ignorait ce que son hôte avait de si spécial à lui confier. Intriguée, elle se rassit au fond de son siège.

– Si je suis arrivé en retard hier soir, commença alors lord Milborne, c'est parce que j'avais rendez-vous avec lord Granville qui, comme vous le savez certainement, est notre nouveau ministre des Affaires étrangères.

– Et l'un des meilleurs que nous ayons jamais eu, commenta M. Garrack avec un hochement de tête approbateur.

– Au cours de notre conversation, lord Granville m'a proposé le poste de secrétaire d'État aux Affaires étrangères…

M. Garrack écarquilla les yeux d'étonnement.

– C'est magnifique ! s'exclama-t-il avec un enthousiasme sincère. Toutes mes félicitations. Je suis certain que vous vous montrerez à la hauteur de la charge qui vous incombe.

– Merci. En fait, je pense que les nombreux voyages que j'ai effectués à travers le monde me permettront d'être utile à mon pays. Je suis heureux que le Premier ministre et lord Granville aient déjà accepté ma première suggestion.

– Laquelle ? s'enquit M. Garrack avec intérêt.

Son interlocuteur ne répondit pas immédiatement. Enfin, un sourire mystérieux aux lèvres, il déclara :

– Il y a quelques semaines, je me suis rendu en Amérique. Il s'agissait avant tout d'un voyage d'agrément, mais je n'ai pu m'empêcher de me renseigner un peu plus sur la dernière invention de George Westinghouse. Comme vous le savez, ses freins à air comprimé équipent déjà la totalité des trains de ce pays.

Yolanda leva un regard inquiet vers lord Milborne. Après ce qu'elle lui avait confié sur les intentions de son beau-père lors de sa visite secrète, elle ne s'attendait pas à ce qu'il aborde ce sujet.

– À mon retour, poursuivit-il, j'ai discuté avec les dirigeants des chemins de fer britanniques qui, de toute évidence, préféreraient acheter les freins à air comprimé aux Américains plutôt que de les faire fabriquer sur place.

– J'adhère totalement à leur point de vue, remarqua M. Garrack. Les freins américains ont fait leurs preuves. Ce serait stupide de prendre des risques en essayant de les concurrencer avec un produit moins fiable.

– C'est tout à fait mon avis. C'est pourquoi, en ma qualité de secrétaire d'État, je vous demande, monsieur Garrack, d'accepter de négocier avec Westinghouse au nom du gouvernement anglais.

Un long silence surpris suivit cette demande. Finalement, au bout de quelques minutes, M. Garrack hocha la tête et déclara :

– Vous pouvez vous vanter de m'avoir surpris. Je dois avouer n'avoir jamais envisagé une telle éventualité.

– Je suis certain, répondit lord Milborne en souriant, que vous vous montrerez meilleur négociateur que moi. Votre réputation en ce domaine m'a d'ailleurs valu l'approbation générale dès que j'ai prononcé votre nom.

– Vous devez accepter, beau-papa ! intervint alors Yolanda. Lord Milborne a entièrement raison : personne n'est mieux placé que vous pour négocier avec Westinghouse.

– Je vous trouve bien flatteurs tous les deux, fit M. Garrack, un sourire attendri aux lèvres. Mais je dois avouer que je suis très honoré d'être l'objet d'une telle offre… et je vous promets de faire de mon mieux pour me montrer à la hauteur d'une tâche aussi difficile.

– Alors, vous acceptez ?

– Sans l'ombre d'une hésitation.

– Merveilleux ! s'exclama lord Milborne. Le Premier ministre et lord Granville seront ravis... Je vous remercie déjà en leur nom...

M. Garrack leva une main pour freiner l'enthousiasme de son ami.

– Ne vendons pas la peau de l'ours avant de l'avoir tué. Attendez de voir les résultats avant de me féliciter. Quoi qu'il en soit, je pense que les chemins de fer anglais, mais aussi des autres pays d'Europe, devraient adopter rapidement le système de freinage de Westinghouse. Cela diminuera enfin le nombre d'accidents et de collisions sur les voies.

– Je suis entièrement d'accord, acquiesça lord Milborne. D'ailleurs, je suis certain qu'une fois que notre pays aura donné l'exemple, le reste de l'Europe suivra.

– Raison de plus pour ne pas perdre de temps. Aussi, dites au Premier ministre qu'à partir de maintenant, je suis à sa disposition.

Ils furent interrompus par le majordome qui leur annonça que le café les attendait au salon. Là, installés dans les profonds fauteuils de cuir brun, ils passèrent le reste de la soirée à écouter M. Garrack, qui leur raconta avec humour ses souvenirs de jeunesse et ses premiers pas dans le monde des affaires.

Finalement, il était plus de minuit lorsque Yolanda se leva pour rejoindre sa chambre.

– Je vous félicite encore pour votre nouvelle position, beau-papa, dit-elle en embrassant son beau-père. Je ne doute pas un instant que vous mènerez votre mission avec votre génie habituel.

– Vous ne me laissez pas le choix, ma petite. J'aurais trop peur de vous décevoir si j'échouais.

La jeune fille tendit sa main à lord Milborne. Il y déposa un petit baiser sans un mot, mais le regard intense qu'il plongea dans le sien semblait la remercier silencieusement. Elle lui sourit.

Elle n'avait toujours pas retiré sa main qu'il serra un peu plus fort. Un troublant et délicieux frisson parcourut la jeune fille. Spontanément, elle pressa ses doigts contre ceux de son compagnon. Puis, brusquement gênée, elle se détourna pour sortir de la pièce.

Son cœur battait à tout rompre dans sa poitrine quand elle entra dans sa chambre. Elle ne s'était jamais sentie aussi légère, aussi heureuse, et s'étonna de ce nouveau bonheur. Bien sûr, elle se réjouissait de la bonne nouvelle apportée par lord Milborne à son beau-père, mais cela suffisait-il à expliquer l'état d'excitation dans lequel elle se trouvait ?

La tête remplie de questions, elle ne s'endormit que tard dans la nuit et s'éveilla avec les premières lueurs de l'aube. Trop énervée pour rester au lit, elle descendit aux cuisines, dévora rapidement son petit déjeuner et fit seller Noisette. Rien de tel qu'une longue promenade dans l'air frais du petit matin pour se calmer !

Le palefrenier, encore à demi endormi, la regarda un instant sans comprendre, puis il s'exécuta et lui tendit bientôt les rênes de Noisette. Après deux ou trois sauts dans l'enclos, Yolanda lança son cheval au galop vers la forêt. Une brise fraîche lui fouettait les joues, s'engouffrait dans sa longue chevelure et réveillait tous ses sens. Comme elle aimait cette forêt ! Elle y était venue tant de fois oublier ses problèmes ou ses peines, et aujourd'hui, c'est encore là qu'elle avait envie de célébrer sa joie. Une joie nouvelle dont elle ignorait les raisons exactes, mais à laquelle lord Milborne n'était pas étranger. Elle se sentait tellement reconnaissante envers lui ! Au lieu de s'opposer à son beau-père, il lui avait proposé un poste à sa hauteur, l'éloignant ainsi des méthodes douteuses du monde des affaires et lui permettant de se révéler enfin tel qu'il était, bon et honnête.

Les oiseaux célébraient eux aussi ce bonheur par leurs chants mélodieux. Charmée, Yolanda ralentit le pas de Noisette avant de pénétrer au cœur de la forêt jusqu'à une clairière où s'élevait une vieille cabane de bûcherons abandonnée. Elle plissa les yeux en découvrant la porte ouverte. Quelqu'un s'était-il installé là ? Elle hésitait à s'approcher quand deux hommes sortirent d'un talus à côté d'elle. Ils portaient des vêtements sales et déchirés et leurs visages lui étaient inconnus. En voyant deux autres hommes aux mines patibulaires sortir de la cabane, elle fit demi-tour pour s'éloigner. De toute évidence, ces hommes n'étaient pas des journaliers employés par son beau-père… Peut-être même appartenaient-ils à la bande de brigands sévissant dans la région dont lui avait parlé Emily… Soudain effrayée, la jeune fille tira les rênes du cheval pour quitter au plus vite la clairière. Mais, au même instant, un cinquième compère surgit sur le chemin juste devant elle.

– Hé, ma jolie ! l'interpella-t-il d'une voix grasse. Tu s'rais pas la petite du richard qui habite le château au bout ?

– Excusez-moi, mais je suis pressée, répondit Yolanda. On m'attend.

Elle voulut le contourner pour fuir, mais les deux hommes à côté d'elle lui arrachèrent vivement les rênes des mains pour l'en empêcher.

– Amenez-la jusqu'à la maison, ordonna alors celui qui se tenait au milieu du chemin.

– Que faites-vous ? Lâchez mon cheval immédiatement ! Il faut que je rentre, hurla la jeune fille.

Ignorant ses protestations, le brigand reprit à son intention :

– Nous ne vous attendions pas si tôt. C'est bien de nous faire gagner du temps.

– J'ignore de quoi vous parlez. Lâchez mon cheval ! Vous êtes sur les terres de mon beau-père.

– Ça, on le sait ! répliqua un des hommes en riant. Et il a intérêt à sortir la monnaie s'il veut nous en faire partir.

Un éclat de rire général suivit son intervention. Yolanda sentit son sang se glacer dans ses veines quand l'homme qui tenait Noisette par la bride l'entraîna vers la cabane.

– Je vous en prie, fit-elle, laissez-moi rentrer chez moi. Si c'est de l'argent ou de la nourriture que vous voulez, je m'arrangerai pour qu'on vous en donne.

Un ricanement sardonique accueillit ses paroles.

– Voyez-vous ça ! La demoiselle veut nous faire l'aumône. Mais, ne vous inquiétez pas pour nous, ma jolie ! L'argent, nous l'obtiendrons nous-mêmes. Je suis sûr que votre papa est prêt à donner toute sa fortune pour récupérer sa petite fille.

Un frisson parcourut Yolanda. Ainsi, ces hommes ne l'avaient pas trouvée par hasard. Ils avaient tout prémédité, et elle s'était précipitée dans leur piège. Quelle idiote elle faisait ! Elle aurait dû se douter que les brigands qui terrorisaient la région se cachaient dans les bois.

Consciente qu'il ne servirait à rien de discuter avec eux plus longtemps, elle se laissa conduire vers la cabane en réfléchissant à un moyen d'entrer en contact avec son beau-père.

De toute évidence, ses ravisseurs n'avaient pas choisi leur cachette au hasard. Ce coin de la forêt se situait à des kilomètres des zones habitées. Hormis quelques braconniers, il y avait peu de chances qu'un paysan passe par ici avant des jours. Pendant un instant, elle songea à sauter à bas de son cheval et à fuir à travers bois. Malheureusement, l'arrivée d'un nouveau complice annihila ses derniers espoirs. Face à six hommes sans scrupule, elle n'avait aucune chance de s'échapper…

Finalement, il ne lui restait plus qu'à attendre et espérer en essayant de se montrer le plus coopérative possible pour ne pas s'attirer de représailles.

Elle leva les yeux vers le ciel. D'après la position du soleil, il devait être un peu plus de huit heures. Son beau-père et lord Milborne étaient probablement en train de déjeuner. Ils ne s'inquiéteraient pas de son absence avant plusieurs heures.

À sa suprise, ses ravisseurs dépassèrent la cabane et poursuivirent leur chemin jusqu'à une ancienne ardoisière. Yolanda avait déjà entendu parler de cette carrière où étaient autrefois confectionnées les ardoises servant à couvrir les toits des maisons des hameaux à l'entour. Elle avait périclité une dizaine d'années plus tôt avec l'apparition des tuiles industrielles, moins coûteuses, et plus personne ne venait jamais dans cet endroit lugubre et sale.

– Descendez ! ordonna l'homme qui semblait être le chef de la bande.

Comprenant qu'elle n'avait pas le choix, Yolanda s'exécuta en demandant :

– Qu'attendez-vous de moi ?

– Vous allez écrire une lettre à votre riche papa. Dépêchez-vous, nous n'avons pas de temps à perdre.

Les mains glacées de peur, la jeune fille suivit l'homme vers l'entrée sombre de la carrière.

– Et mon cheval ? s'inquiéta-t-elle.

– Ce sera notre messager. Je coincerai votre lettre sur la selle et le renverrai chez lui.

Yolanda poussa un soupir de soulagement. Puisqu'ils avaient besoin de lui, ses ravisseurs ne feraient pas de mal à Noisette !

La seconde suivante, elle descendait vers le cœur de la carrière par un tunnel sombre au sol parsemé d'ardoise brisée, de morceaux de bois et de feuillages. Heureusement, des ouvertures au-dessus de sa tête laissaient pénétrer suffisamment de lumière pour ne pas avoir besoin d'une torche.

Ce n'est qu'arrivé dans une sorte de renfoncement que l'homme qui lui ouvrait la route s'arrêta. Un vieux coffre de bois à demi cassé était appuyé contre la paroi. L'homme désigna la feuille de papier et la plume posée dessus en ordonnant :

– Maintenant, écrivez ce que je vais vous dire. Et attention ! Pas d'entourloupes ou ça vous coûtera cher.

Sans un mot, Yolanda s'agenouilla, prit le porte-plume et le trempa dans l'encre.

– Dites à votre riche papa que nous vous gardons prisonnière et qu'il devra payer 10 000 livres s'il veut vous récupérer

Yolanda poussa un petit cri effrayé.

– Dix mille livres ! Mais il ne paiera jamais une somme pareille. D'ailleurs, il n'a pas autant d'argent chez lui.

– Je m'en doute ! s'esclaffa le brigand. Mais il a tout le temps pour se rendre à la banque avant ce soir.

– Et s'il refuse ?

– Dites-lui bien que, dans ce cas, nous vous tuerons ou vous laisserons mourir de faim.

Yolanda redressa vivement la tête et plongea son regard dans celui de son interlocuteur.

– Il me retrouvera avant, répliqua-t-elle d'un ton assuré.

– Vous croyez ça ? fit l'homme avec un ricanement mauvais. Ne vous faites pas trop d'illusions, ma belle. Cette carrière est tombée dans l'oubli depuis longtemps. Même si, par miracle, un paysan s'en souvenait, il n'oserait pas s'y aventurer par peur des fantômes. On raconte de drôles d'histoires sur cet endroit, vous savez.

La jeune fille frissonna au souvenir des rumeurs qu'elle avait effectivement entendues sur ce sinistre endroit. L'homme parlait-il sérieusement ? La laisserait-il mourir de faim au fond de ces vieux tunnels sombres et humides s'il n'obtenait pas la rançon désirée ? Le rictus cruel qui tordait sa bouche lui laissa peu de doutes à ce sujet... Lentement, elle plongea la plume dans l'encre.

– Pas d'embrouilles ! rappela son ravisseur, menaçant. Je sais lire. Alors, marquez ce que je vous dis ou vous le regretterez.

Sans répondre, la jeune fille écrivit :

Mon cher beau-papa,

J'ai été kidnappée par la bande de brigands qui rôde dans la région depuis plusieurs semaines.

Ils exigent une rançon de 10 000 livres pour me libérer.

Tandis qu'elle écrivait, l'homme s'était rapproché pour lire par-dessus son épaule.

– Dites-lui de mettre l'argent dans un sac au bout du champ où vous sautez à cheval.

– Je suppose que vous parlez de l'enclos ?

– Comme vous voulez appeler ça, je m'en moque. Nous viendrons le chercher une fois la nuit tombée. Précisez bien que si quelqu'un essaie de nous arrêter, vous êtes morte.

Consciente qu'elle n'avait pas le choix, Yolanda s'exécuta.

– Maintenant, signez et donnez-moi ça.

Je suis désolée de ce qui arrive, ajouta la jeune fille. *Je vous en prie, beau-papa, sauvez-moi. Ces hommes me font peur.*

Après avoir signé, elle s'apprêtait à poser son porte-plume quand une idée lui traversa l'esprit. Rapidement, avant que l'homme lui arrache la feuille des mains, elle ajouta :

N'oubliez pas de donner à manger à Pizarra à six heures.

– Qu'est-ce que vous avez écrit, là ? demanda le brigand, penché au-dessus d'elle, les sourcils froncés.

– Cela concerne mon chien, expliqua-t-elle. Je lui donne toujours sa pâtée à six heures. J'ai peur qu'en mon absence, on oublie de le nourrir.

Son interlocuteur la dévisagea un instant, suspicieux, puis avec un haussement d'épaules, il prit la lettre sur le coffre et sortit.

Après son départ, Yolanda jeta un coup d'œil autour d'elle à la recherche d'un endroit pour s'asseoir. Finalement, ne trouvant rien d'autre, elle s'installa sur le coffre. Elle se demandait combien de temps elle devrait attendre ainsi quand, à sa surprise, l'homme qui l'avait forcée à écrire réapparut en demandant :

– Avez-vous une épingle ? La lettre ne tient pas coincée sous la selle. Il faut trouver une solution si vous voulez que votre beau-père la reçoive.

Après une hésitation, la jeune fille détacha la broche qui fermait le col de son corsage et la lui tendit. Il observa le bijou quelques secondes comme s'il cherchait à l'estimer, puis s'éloigna de nouveau.

Restée seule, la jeune fille réfléchit à ce qui allait se passer. En voyant Noisette rentrer seul, tout le monde commencerait par croire qu'elle avait eu un accident. Puis ils découvriraient la lettre sous la selle et avertiraient son beau-père. À partir de là, elle ignorait ce qui se passerait. S'il prévenait la police, elle ne doutait pas un instant que les hommes qui l'avaient enlevée mettraient leur menace à exécution et la tueraient. Pourtant, elle n'imaginait pas M. Garrack céder à un aussi ignoble chantage. Alors, quelle solution restait-il ?

Contre toute logique, elle ne se sentait pas effrayée. Elle avait confiance en son beau-père et en lord Milborne. Elle savait que même si la situation pouvait sembler sans issue, ils trouveraient toujours un moyen de la sauver.

Au-dessus d'elle résonnaient les voix de ses ravisseurs. Ils se querellaient pour savoir lequel d'entre eux reconduirait Noisette jusqu'à la sortie de la forêt. Finalement, des claquements de sabots lui indiquèrent qu'ils s'étaient entendus. Maintenant, il ne restait plus qu'à attendre en priant pour que tout se déroule pour le mieux.

Elle ignorait depuis combien de temps elle patientait, assise sur le coffre, la tête dans les mains, quand le chef des brigands réapparut enfin.

– Votre cheval est rentré à l'écurie, annonça-t-il.

– J'espère que l'homme qui l'a reconduit l'a bien traité.

– Ne vous inquiétez pas pour ça. Il a l'habitude de voler des chevaux. Il sait comment les manier. Je crois qu'il aurait bien aimé garder le vôtre, d'ailleurs. Dommage qu'il ait fallu le rendre... Bon, en attendant que votre papa nous donne l'argent, il faut vous mettre à l'abri. Nous vous avons préparé un joli petit cachot. Suivez-moi...

Le cœur battant d'anxiété, Yolanda emboîta le pas de son ravisseur qui l'entraîna un peu plus profondément dans la carrière. La lumière commençait à se raréfier quand il s'arrêta enfin et désigna un renfoncement à peine assez grand pour contenir une personne. Une vieille couverture rapée avait été jetée sur le sol.

– Vous nous attendrez ici, fit-il. J'ai posté des hommes à chaque bout du couloir, et je vous conseille de ne pas essayer de fuir si vous voulez rester en vie.

– Je ne bougerai pas d'ici jusqu'à ce qu'on vienne me sauver, répondit Yolanda avant de s'asseoir sur la couverture.

L'homme partit d'un méchant rire.

– Vous sauver ! Vous voulez dire jusqu'à ce qu'on apporte l'argent et que je vous autorise à rentrer chez vous. C'est clair ?

– Très clair, acquiesça la jeune fille.

– On vous apportera de quoi manger tout à l'heure. Comme vous avez l'air tranquille, je ne vous attache pas. Mais je vous le répète, si vous cherchez à nous ennuyer en vous enfuyant ou en criant au secours, nous n'hésiterons pas à vous calmer.

– J'ai compris. Je ne bougerai pas.

Après un dernier regard suspicieux vers sa prisonnière, l'homme se détourna et s'éloigna.

Yolanda étala la vieille couverture sur le sol et s'assit, les bras autour des genoux. Elle espérait que son beau-père ou lord Milborne déchiffrerait son post-scriptum au bas de la lettre. Elle ne s'était pas montrée très claire, bien sûr, mais si, par chance, l'un d'eux parlait espagnol, il comprendrait peut-être qu'elle était détenue dans la vieille carrière d'ardoise[1].

Le temps s'écoulait avec une lenteur insupportable. La chaleur qui commençait à s'accumuler dans les couloirs de l'ardoisière indiquait qu'il devait être près de midi quand, enfin, Yolanda vit apparaître l'un des brigands avec le déjeuner promis. Celui-ci se composait de deux tranches de

1. *Pizarra* signifie *ardoise*. (*N.d.T.*)

pain gris et d'une tranche de jambon peu appétissante. Mais la faim qui la tenaillait l'empêcha de se montrer trop difficile. Tandis qu'elle mâchait avec difficulté son sandwich, elle entendit ses ravisseurs descendre déjeuner dans l'ardoisière, sans doute pour s'abriter de la chaleur du soleil. Ils devaient s'être installés dans le renfoncement où elle avait écrit la lettre à son beau-père et parlaient en riant fort. Leur conversation concernait essentiellement ce qu'ils feraient après avoir obtenu l'argent de la rançon.

– Tout ça, c'est bien joli, les gars, dit celui qui semblait être le chef, mais avant tout nous devrons quitter le pays. Ce serait trop dangereux de rester là une fois qu'ils auront prévenu la police.

– Où ira-t-on ? interrogea l'un de ses compères.

– De l'autre côté de la Manche. La nourriture y est bonne et les femmes moins farouches que par ici.

Tout le monde partit d'un grand rire à cette dernière remarque qui donna lieu à des blagues douteuses que Yolanda préféra ne pas chercher à comprendre.

Une fois leur repas terminé, les hommes sortirent à nouveau. Le silence retomba autour de Yolanda. Les heures se succédèrent alors avec lenteur comme si la journée devait ne jamais finir.

La jeune fille se demanda si son beau-père était allé chercher l'argent de la rançon à la banque. Elle ne doutait pas un instant qu'il possédât une telle somme sur son compte, mais se sentait humiliée à l'idée qu'il doive la donner à des brigands dans le seul but de la sauver.

Enfin, la lumière qui filtrait par les voies d'accès aux tunnels de la carrière devint plus douce, annonçant le crépuscule. Si M. Garrack avait accepté de payer, l'argent serait bientôt déposé au bout de l'enclos. Yolanda songea que les ravisseurs avaient judicieusement choisi leur endroit. Les champs qui entouraient l'enclos à perte de vue n'offraient aucun abri pour se cacher dans l'espoir de les piéger.

Incapable de penser à ce qui arriverait si M. Garrack ne déposait pas l'argent dans les délais, la jeune fille se mit à prier.

Soudain, un aboiement proche la sortit de sa méditation. Le chien, qui devait se trouver à quelques mètres de l'entrée de la carrière, aboyait avec insistance comme s'il désirait quelque chose.

– Vous deux, sortez faire taire ce sale cabot ! s'exclama alors le chef des brigands d'un ton excédé.

– Je lui tire dessus ? demanda un de ses acolytes.

– Bien sûr que non, bougre d'idiot. Un coup de fusil s'entendrait à des kilomètres à la ronde. Donne-lui plutôt un bon coup de bâton sur la tête.

Intriguée, Yolanda s'aventura dans le couloir. Dehors, le chien continuait à aboyer sans répit.

– Grouillez-vous ! ordonna sèchement le chef des brigands.

Un bruit de pas précipités suivit ses paroles.

7

Yolanda tendit l'oreille. Il y eut un jappement aigu, puis le silence retomba sur la carrière.

– Ça y est. Ils l'ont eu ! déclara le chef des brigands.

La seconde suivante, les aboiements reprenaient de plus belle.

– Que fichent-ils donc ? s'énerva-t-il alors. Et vous deux, qu'attendez-vous pour les rejoindre ? Vous voyez bien que le chien leur a échappé. Allez les aider !

Maintenant, des grognements menaçants interrompaient les aboiements. De toute évidence, l'animal donnait du mal à ses poursuivants.

– Vous inquiétez pas. On va lui faire sa fête, déclara l'un des hommes.

Il y eut des bruits de pas précipités, et Yolanda comprit qu'il partait avec son acolyte à la rescousse de leurs compagnons. Si elle ne s'était pas trompée, le chef se trouvait désormais seul à l'intérieur de la carrière.

Soudain les aboiements cessèrent. La jeune fille grimaça. Apparemment, les brigands avaient fini par attraper le pauvre chien qui devait être blessé ou mort. Certaine que les hommes n'allaient pas tarder à revenir, elle s'apprêtait à regagner son cachot quand un jappement brisa le silence, bientôt suivi d'un grognement féroce.

– Bande d'imbéciles ! Idiots ! Incapables ! maugréa le chef des brigands. C'est encore moi qui vais devoir faire tout le travail !

Sur ces paroles, il sortit à son tour en jurant.

Yolanda demeura immobile quelques secondes, hésitante, avant de s'engager un peu plus loin dans le tunnel. Elle atteignit bientôt la salle où se tenaient ses ravisseurs un peu plus tôt. Les maigres restes de leur déjeuner traînaient encore sur le sol. Des caisses défoncées et des sacs de toile contenant probablement le fruit de leurs rapines étaient entassés contre un mur.

Dehors, le chien continuait de grogner.

La jeune fille regarda autour d'elle à la recherche d'une issue. Malheureusement, la seule issue possible se situait au bout du tunnel, là où les hommes ne manqueraient pas de la remarquer et de l'arrêter dans sa fuite. Craignant que dans leur colère, ils ne la frappent ou ne la tuent, elle préféra renoncer à son projet. Il ne lui restait donc plus qu'à prier et espérer que son beau-père ou lord Milborne avaient compris son message…

Elle sursauta en entendant un bruit de pas vers l'entrée du tunnel. Le chien avait cessé d'aboyer et il s'agissait probablement du chef des brigands qui regagnait sa cachette. Pour s'en assurer, elle jeta un rapide coup d'œil dans le tunnel, déjà prête à courir vers son cachot avant qu'il ne l'aperçoive. C'est alors que quelque chose l'arrêta. De toute évidence, l'homme qui approchait n'appartenait pas à la bande des brigands. Elle ne distinguait que sa silhouette, mais sa taille et sa prestance suffisaient à lui assurer qu'elle ne se trompait pas.

Alors qu'elle hésitait à fuir ou à se rapprocher, l'inconnu appela doucement :

– Yolanda !

Elle poussa un petit cri de surprise. Lord Milborne ! C'était la voix de lord Milborne !

Dans sa joie, elle s'élança dans ses bras.

– Vous êtes là ! Vous êtes venu me sauver ! s'écria-t-elle en sanglotant.

– Ma chérie, ils ne vous ont pas fait de mal ?

Yolanda leva un regard étonné vers son compagnon. Elle se demandait encore si elle l'avait bien entendu l'appeler « ma chérie » quand il posa ses lèvres sur les siennes. Ils échangèrent un long baiser passionné. Soudain, Yolanda eut l'impression que le monde vacillait autour d'elle. Elle se sentit submergée par une sensation merveilleuse et inconnue.

Lord Milborne la serrait contre lui de toutes ses forces. Quand leurs bouches se séparèrent, il lui caressa doucement les cheveux, troublé par sa fragilité et son innocence.

– C'est… vous ? Réellement ? bredouilla Yolanda d'une voix encore étranglée par l'émotion.

– Réellement, affirma son compagnon avec un sourire tendre. Grâce à votre ingéniosité, je vous ai retrouvée. Vous êtes extrêmement intelligente, Yolanda.

Avant que la jeune fille ait pu répondre, il s'empara de nouveau de ses lèvres pour un baiser ardent qui les laissa tous deux étourdis et haletants.

– Oh, ma chérie, mon tendre amour, murmura lord Milborne. J'ai eu si peur qu'ils vous fassent du mal. Vous avez dû être tellement effrayée.

– Un peu. Mais, au fond de moi, j'avais l'intuition que tout irait bien. Je savais que vous viendriez me sauver.

– Cela aurait été beaucoup plus difficile si je n'avais pas su où ils vous tenaient prisonnière.

– Dieu merci, vous comprenez l'espagnol !

– Je l'ai appris lors d'une mission en Espagne, l'année dernière. Mais cela n'aurait pas suffi si vous n'aviez pas pris la peine de m'indiquer le nombre de vos ravisseurs.

L'évocation des brigands fit sursauter Yolanda qui demanda d'un ton inquiet :

– Au fait, où sont-ils passés ? Ne risquent-ils pas de revenir ?

– À moins que la police ne les laisse partir, cela m'étonnerait, ma douce.

– La police les a arrêtés ? s'étonna la jeune fille. Je vous en prie, racontez-moi comment cela s'est passé.

Au lieu d'accéder à sa requête, lord Milborne déposa un petit baiser sur sa joue.

– Tout à l'heure, je vous le promets, dit-il. Mais auparavant, rejoignons votre beau-père. Il doit être fou d'inquiétude.

Tout en parlant, il l'entraîna vers la sortie de la carrière.

– Ont-ils tué le chien ? s'enquit Yolanda une fois à l'air libre.

Son compagnon s'esclaffa.

– Le chien ? Mais, le chien, c'était moi, ma chérie. Et fort heureusement, je suis toujours assez vivant pour vous serrer contre moi.

– Vous imitiez le chien ! Mais où avez-vous appris à grogner et aboyer de cette façon ? La ressemblance était incroyable.

– Avez-vous déjà entendu parler des services secrets de Sa Majesté en Inde ? J'ai travaillé plusieurs années pour eux. C'est fou tout ce que j'ai pu apprendre durant cette période. Mais je dois reconnaître sans fausse modestie que je me suis toujours distingué dans l'imitation du chien.

Yolanda ne put s'empêcher de rire.

– Comment les avez-vous arrêtés ? demanda-t-elle, curieuse.

– Dès qu'ils arrivaient sous la branche où je me tenais, je leur jetais un sac sur la tête, les ligotais, et recommençais à aboyer pour attirer le suivant. Une fois les six ficelés, il m'a suffi de siffler pour appeler la police qui n'a plus eu qu'à les emporter.

Une lueur d'admiration brilla dans les yeux de Yolanda.

– Vous êtes fantastique ! fit-elle. Seuls beau-papa et vous étiez capables de m'arracher à une situation aussi effrayante.

– Je vous promets que cela ne se reproduira jamais plus. À partir de maintenant, je veillerai toujours sur vous, ma chérie.

Lord Milborne s'arrêta un instant pour admirer le doux visage de sa compagne avant de demander d'un ton anxieux :

– Est-ce que vous m'aimez ?

– Je… j'ignorais qu'il s'agissait d'amour avant que vous m'embrassiez, répondit Yolanda dans un murmure.

– Et maintenant ?

– Maintenant, je sais que Dieu a exaucé mes prières.

– Et les miennes, fit lord Milborne en la serrant de nouveau contre lui. J'avais résolu de ne jamais me marier tant que je ne serais pas amoureux comme je le suis aujourd'hui.

Ils échangèrent un nouveau baiser rempli de tendresse. Puis lord Milborne prit la main de sa compagne dans la sienne et l'entraîna à travers bois.

Ils retrouvèrent M. Garrack qui les attendait avec trois chevaux près de la petite maison de bûcheron. Dès qu'il aperçut sa belle-fille, celui-ci se précipita vers elle. Des larmes de soulagement glissaient sur ses joues quand il la serra dans ses bras.

– Oh, ma chérie, j'ai eu si peur !

– Je vais bien, beau-papa, le rassura Yolanda en éclatant en sanglots. Je suis si heureuse de vous retrouver ! Et je suis soulagée que vous ne leur ayez pas versé la rançon qu'ils réclamaient.

– J'aurais donné toute ma fortune plutôt que de vous perdre. Mais, grâce à l'ingéniosité de lord Milborne, cela n'a pas été nécessaire.

– L'avez-vous entendu aboyer ? Jamais je n'aurais cru qu'un homme soit capable d'émettre des sons pareils. Heureusement, les brigands ont eu peur d'attirer l'attention du voisinage, sinon ils lui auraient tiré dessus.

– Eh bien, il semblerait que j'ai eu de la chance, remarqua lord Milborne.

M. Garrack lui serra chaleureusement le bras.

– Vous avez été formidable, dit-il. Je ne vous remercierai jamais assez.

– Ne dites pas ça, car je crains que vous ne trouviez mes tarifs très onéreux.

– Que voulez-dire ? demanda M. Garrack en fronçant les sourcils.

– Cher ami, j'ai l'honneur de vous demander la main de Yolanda. Je ne peux plus vivre sans elle et je voudrais que le mariage ait lieu le plus rapidement possible.

Pendant un instant, M. Garrack contempla son interlocuteur bouche bée. Finalement, il se tourna lentement vers sa belle-fille pour l'interroger du regard.

– Je l'aime, beau-papa, dit alors celle-ci dans un murmure.

Il la dévisagea encore quelques secondes sans un mot, puis un sourire éclaira ses traits.

– Si tel est votre souhait à tous les deux, dit-il finalement, sachez que rien ne pouvait me ravir plus que cette union. Venez, rentrons célébrer cette nouvelle à la maison.

Les yeux brillants de bonheur, lord Milborne aida Yolanda à monter sur Noisette, puis s'installa sur Champion.

– Il semblerait que je n'ai plus le choix, remarqua alors M. Garrack en l'observant d'un air narquois. Après l'exploit que vous venez de réaliser, je vais être obligé de vous offrir ce cheval.

– Après l'exploit que *nous* venons de réaliser, corrigea son compagnon. Et j'espère que nous aurons l'occasion d'en réaliser beaucoup d'autres ensemble dans un autre domaine.

– Je me joins de tout cœur à vos souhaits, approuva M. Garrack.

Tandis qu'elle regagnait la propriété en galopant côte à côte avec lord Milborne, son beau-père quelques mètres devant eux, Yolanda songea qu'elle n'avait jamais été aussi heureuse depuis son enfance. Soudain, tous les nuages s'étaient dissipés. La vie s'étendait devant elle comme un grand ciel bleu rempli de promesses et de bonheur.

À leur arrivée, ils trouvèrent tout le personnel debout sur le perron qui les attendait impatiemment.

– Milady, vous êtes saine et sauve ! s'exclama le majordome en prenant les mains de Yolanda entre les siennes.

Incapable de contenir son émotion plus longtemps, Emily éclata en sanglots et se précipita vers la jeune fille.

– Oh, Milady, j'étais tellement inquiète ! Dieu merci, vous êtes toujours vivante !

– Grâce à mon beau-père et à lord Milborne, répondit Yolanda. Je dois avouer n'avoir jamais été aussi heureuse de vous retrouver tous.

– J'espère que vous avez faim, intervint le cuisinier, car j'ai préparé un dîner spécial pour fêter votre retour.

– Je meurs de faim !

– Dans ce cas, il ne nous reste plus qu'à passer à table, dit M. Garrack. Mais avant le repas, j'aimerais ouvrir une bouteille de champagne. Pour toute la maison !

Une acclamation accueillit ses paroles.

– Je devrais peut-être monter me changer avant de vous rejoindre dans la salle à manger, chuchota Yolanda à l'adresse de lord Milborne.

– Vous êtes magnifique ainsi, répondit son compagnon. Dans la nuit, vous ressemblez à la déesse de la lune.

Yolanda sentit sa gorge se serrer. Elle leva un regard surpris vers lord Milborne qui la contemplait, les yeux brillants d'amour. Il parlait sincèrement, elle le savait. Mais comment avait-il trouvé ces mots ? Les mêmes que ceux qu'elle avait entendu son père chuchoter tant d'années plus tôt à son épouse adorée. Une vague d'émotion la submergea, faisant perler les larmes à ses paupières.

– Je vous aime, murmura lord Milborne. Je vous aime et j'ai envie de vous embrasser.

– Maintenant, je suis sûre que je dois monter me changer, répondit Yolanda. Je veux être la plus belle pour vous.

Le temps de déposer un baiser mutin sur sa joue, et elle s'élança vers sa chambre.

Il ne lui fallut qu'une dizaine de minutes pour se laver et enfiler l'une de ses plus belles toilettes, une robe de taffetas vert d'eau dont le décolleté soulignait la blancheur nacrée de sa gorge.

Emily l'aida à relever ses cheveux en un chignon lâche d'où s'échappaient quelques mèches dorées.

– Nous vous attendions impatiemment, dit M. Garrack en l'accueillant dans la salle à manger. Notre invité et moi-même sommes affamés. Je me suis permis de faire porter votre coupe de champagne dans la salle à manger.

– Vous avez eu raison, beau-papa. Je meurs de faim, moi aussi. Mes ravisseurs ne m'ont donné qu'un sandwich à manger de toute la journée.

– Ce sera retenu contre eux, ma chérie. Bien que je craigne que cela pèse peu sur leur verdict au regard de leurs nombreux vols et actes de violence.

Au cours du dîner, lord Milborne, pressé par leurs questions, raconta à ses hôtes quelques-unes de ses aventures en Inde. Yolanda était fascinée et l'aurait sans doute écouté toute la nuit s'il ne s'était brusquement interrompu après le départ des derniers employés pour lui demander :

– Maintenant, dites-moi quand vous pensez pouvoir m'épouser. Personnellement, j'aimerais un mariage discret à la campagne, mais, bien sûr, c'est à vous de décider. Si vous préférez une grande cérémonie à Londres, je serai ravi de vous obéir.

– J'aimerais me marier très discrètement dans l'église du village où est enterrée ma mère, répondit Yolanda.

Un sourire attendri illumina le visage de son compagnon.

– Je m'attendais à une telle réponse, dit-il avant de se tourner vers M. Garrack pour ajouter : Je suppose que vous préféreriez partir en Amérique le plus rapidement possible.

– Effectivement, répondit celui-ci. Je ne suis probablement pas le seul Européen intéressé par l'achat des freins à air comprimé. Plus la concurrence sera importante, plus les prix grimperont.

– Très bien. Dans ce cas, je suggère, si vous êtes d'accord, que le mariage ait lieu dans deux jours… le temps que je me rende à Windsor pour prévenir la reine de mon union avec Yolanda. Sa Majesté est ma marraine. Elle ne me pardonnerait jamais si je ne lui réservais pas l'exclusivité de la nouvelle. Depuis le temps qu'elle attend qu'une femme me prenne enfin dans ses filets.

– Je ne vous ai pas pris dans mes filets, se défendit Yolanda.

Lord Milborne lui saisit doucement la main.

– Je le sais, ma chérie, et c'est bien ce qui vous rend si différente de toutes les autres. Pour être franc, je dois avouer que j'étais déterminé à vous prendre, moi, dans mes filets, la première fois que je vous ai vue. J'ai tout de suite su que vous étiez celle dont j'avais toujours rêvé.

Il fut convenu que Yolanda et M. Garrack profiteraient de la courte absence de lord Milborne pour organiser le mariage, qui serait célébré dès son retour de Windsor.

– Nous partirons en voyage de noces le lendemain, annonça celui-ci. Mon yacht nous attendra au port de Douvres d'où nous naviguerons jusqu'en Espagne.

– En Espagne ? s'étonna M. Garrack. Pourquoi choisir ce pays ?

Alan Milborne lança un regard complice à sa future épouse avant de répondre :

– C'est le mot espagnol *pizarra* qui m'a permis de comprendre où Yolanda était retenue prisonnière et de la sauver. En outre, le Prado est un musée merveilleux.

– Un musée que j'ai toujours rêvé de visiter, intervint la jeune fille. Il paraît qu'il possède des toiles magnifiques.

– Une fois là bas, nous pourrons longer les côtes méditerranéennes, ou, si vous vous ennuyez, rentrer à la maison.

– M'ennuyer ? Je sais déjà que cela ne m'arrivera jamais tant que je serai auprès de vous.

– Et moi auprès de vous, répondit Alan. Car notre union n'est pas uniquement celle de deux cœurs, mais aussi de deux esprits faits l'un pour l'autre.

– J'aime cette idée, mon chéri.

– D'autant plus qu'elle est exacte, intervint M. Garrack. J'ai toujours pensé que l'amour était avant tout une union spirituelle où chacun anime, guide et inspire l'autre dans chaque circonstance de la vie.

– C'est exactement ce que Yolanda sera pour moi, renchérit Alan. Un guide et une inspiration.

La jeune fille regarda son futur époux d'un air dubitatif.

– Y compris sur le plan professionnel ? demanda-t-elle. Pensez-vous que je pourrai vous aider dans votre travail de secrétaire d'État aux Affaires étrangères ?

– J'espère bien que vous me conseillerez. Je serai confronté à des problèmes complexes. Deux cerveaux ne seront sans doute pas de trop pour les résoudre.

– Dans ce cas, il ne me restera plus qu'à me montrer à la hauteur de ma tâche… En tout cas, je vous promets de faire de mon mieux.

Dès le départ d'Alan pour le château de Windsor, Yolanda et son beau-père rendirent visite au pasteur du village qui se réjouit à l'idée de célébrer le futur mariage dans sa petite chapelle.

– Je veux une cérémonie très discrète, expliqua la jeune fille. Avec personne d'autre que vous et beau-papa dans la chapelle… Et bien sûr, votre fille si elle accepte de jouer de l'orgue pour nous.

– Elle en sera très honorée, milady.

Il fut décidé que Yolanda porterait le voile et la robe de mariée de sa mère et quelques-uns de ses plus beaux bijoux. Selon la tradition, son futur époux ne la découvrirait ainsi parée que devant l'autel où elle aurait été conduite au bras de son beau-père.

Emily s'affairait autour d'elle dans la salle de bains quand Yolanda entendit Alan rentrer. Son cœur se mit à battre la chamade. Elle dut faire appel à toute sa volonté pour ne pas sortir se jeter dans ses bras. Mais puisqu'elle avait promis d'attendre l'instant magique pour le revoir... D'ailleurs, elle devait reconnaître au fond d'elle-même que cette attente ajoutait une pointe de mystère à cette journée exceptionnelle.

Ce n'est qu'après avoir entendu, quelques heures plus tard, sa calèche partir pour la chapelle, qu'elle descendit à son tour et prit place dans le carrosse de son beau-père. Ce dernier l'accueillit avec un sourire radieux.

– Bien que vous le sachiez sans doute, ma chérie, je tiens à vous dire que vous êtes magnifique.

– J'espérais bien que vous me complimenteriez, beau-papa, répondit la jeune fille, mutine. Moi aussi, j'ai quelque chose d'important à vous dire.

Une expression inquiète apparut dans les yeux de son compagnon.

– Rien de grave, j'espère.

– Au contraire. Je veux que vous sachiez que je n'oublierai jamais toute la tendresse que vous m'avez donnée. Et le fait que je quitte votre maison ne change rien à l'amour que je vous porte. Je sais que je parle aussi au nom d'Alan, qui vous admire énormément, en vous assurant que notre maison sera aussi la vôtre.

Ému, M. Garrack glissa un bras autour des épaules de sa belle-fille qu'il serra affectueusement contre lui.

– Ma chérie, si vous saviez comme vos paroles me réconfortent. Je vous aime tellement ! Je ne supporterais pas de vous perdre comme j'ai perdu votre mère.

– Vous ne me perdrez jamais, beau-papa. Je vous le promets.

M. Garrack déposa un tendre baiser sur la joue de Yolanda avant de déclarer :

– À son retour, votre futur mari m'a confié un secret que je meurs d'envie de vous communiquer.

– De quoi s'agit-il ?

– Après avoir annoncé son mariage à la reine, il lui a parlé de mes tableaux, et celle-ci a manifesté le désir de nous rendre visite pour les admirer.

Yolanda poussa un petit cri ravi.

– Beau-papa ! Cela signifie-t-il qu'elle va venir ici ? Quel honneur ! Tout le monde sera terriblement excité en apprenant la nouvelle.

– Ce n'est pas tout, reprit M. Garrack avec un petit air mystérieux.

– Quoi d'autre ? Racontez-moi vite, je vous en prie. Je meurs d'impatience.

– D'après Alan, si je promets de léguer mes peintures à la National Gallery et si j'obtiens le contrat des freins américains avant sa visite, la reine m'anoblira.

Les joues de Yolanda rosirent d'émotion. Elle savait qu'être anobli pour ses mérites représentait l'un des vœux les plus chers de son beau-père.

– Oh, beau-papa, ce serait fantastique ! Je serais tellement heureuse pour vous. Maman serait tellement fière !

Une ombre glissa sur les traits de M. Garrack à l'évocation de son ancienne épouse. Mais, il retrouva rapidement son sourire pour déclarer :

– C'est exactement ce que je pense. Comme elle serait fière et heureuse de votre mariage ! Allez, en route ! Ne faisons pas languir votre futur époux plus longtemps.

Ce soir-là, quand ils se retrouvèrent enfin seuls, Alan Milborne serra tendrement sa femme contre lui et demanda :

– Ma chérie, m'aimez-vous toujours ?

– Plus que tout au monde, répondit Yolanda. Vous êtes toute ma vie. Je me sens aussi unie à vous que si j'étais une partie de vous-même. J'ai l'impression de vous sentir et de vous voir partout autour de moi. Dans les arbres, dans l'eau des fontaines… Vous peuplez tout mon être.

Ému, Alan déposa un baiser sur son front.

– Vos paroles me ravissent, mon amour. Car j'éprouve la même chose. J'ai l'impression de vous avoir tant cherchée ! Non seulement dans cette vie, mais dans beaucoup d'autres auparavant. Et, enfin, vous êtes là ! Enfin, nous sommes ensemble, et rien ne pourra plus nous séparer.

– C'est exactement ce que croyait maman. Et, aujourd'hui, je sais qu'elle avait raison. Je suis persuadée qu'elle a retrouvé mon père et qu'ils sont de nouveau heureux parce qu'ils sont ensemble.

– Comme nous, dit Alan. Je remercie Dieu chaque jour qu'Il m'ait donné la grâce de vous trouver.

– Il ne pouvait en être autrement, mon amour. Le pouvoir qui nous a poussés l'un vers l'autre était irrésistible. Je l'ai su dès la première fois que je vous ai vu… Même si je n'ai pas immédiatement compris ce qui m'arrivait.

– Pour moi, vous n'étiez pas seulement la plus belle femme que je rencontrais, expliqua Alan, mais celle qui éveillait en moi un sentiment inconnu, et pourtant tant attendu.

Yolanda frotta doucement sa tête contre le cou de son mari.

– Dites-moi, fit-elle d'un petit ton mutin, quel était ce sentiment exactement ?

– C'est quelque chose d'inexplicable. Les mots ne suffiraient pas à décrire ce drôle de tremblement qui a parcouru tout mon être dès que vous êtes apparue. Peut-être un volcan ressent-il la même chose lorsqu'il se réveille après des siècles de silence… ?

Alan s'arrêta un instant, le temps de déposer un autre baiser sur le front de sa compagne, puis il reprit d'un ton plus assuré :

– Ensuite, je vous ai revue, et j'ai compris que mon attirance pour vous venait aussi de votre intelligence. Vous êtes la femme la plus subtile et la plus fine que j'aie jamais rencontrée.

Yolanda émit un petit rire amusé.

– Je sens que vous allez bientôt me reparler de l'union de nos esprits, se moqua-t-elle.

– C'est très important, répondit son compagnon. Car c'est ce qui nous permettra de devenir ce que nous serons dans l'avenir.

Yolanda lui caressa la joue.

– Je vous aime, Alan. Je vous aime, et je sais que nos esprits s'accorderont toujours tant que vous aussi, vous m'aimerez.

– C'est-à-dire pour l'éternité, dit Alan. Ensemble, nous réaliserons de grandes choses, mon amour, je vous le promets. Par l'alliance de nos deux cœurs et nos deux esprits, nous créerons une force formidable que nous utiliserons pour le bien dans le monde.

– J'ai l'impression d'entendre papa. Voilà, ce qu'il appellerait une « grande aventure ». Et c'est ce que sera notre vie, Alan. Une aventure merveilleuse, étonnante, et pleine de rebondissements.

– Une aventure digne de notre amour, mon adorée, murmura Alan en soulevant sa femme dans ses bras.

Lovée contre lui, elle franchit le seuil de leur chambre avec la délicieuse sensation de pénétrer au royaume de l'amour.

Barbara Cartland

Aventures et Passions

BITTNER Rosanne
Pionnière au Montana
3970/6 Inédit
Tendre trahison
4127/7 Inédit
Lors d'un séjour dans le Connecticut, Audra rencontre Lee Jeffreys, dont elle tombe éperdument amoureuse. Mais la guerre de Sécession éclate, rendant leur bonheur impossible. Un livre bouleversant dans un contexte tragique, proche d'*Autant en emporte le vent*.

BLAKE Jennifer
Sérénade en Louisiane
3169/5
Les chaînes de l'amour
3240/5
Un éden sauvage
3347/6
Le vengeur créole
3415/5
Le temps d'une valse
3758/5

BRADSHAW Emily
La puritaine et le voyou
4089/5 Inédit

BRANDEWYNE Rebecca
La passion du conquistador
3285/5
Pour échapper aux intrigues perverses de Don Rodolfo, Aurora est prête à s'enfuir au bout du monde !
Les amants hors la loi
3397/6
Un mari en héritage
3543/5
La prisonnière du drakkar
3907/5 Inédit
A l'ombre des jacarandas mauves
4149/4 Inédit

BUSBEE Shirley
Le quiproquo de minuit
2930/5
Au-delà du pardon
2957/5
L'appel de la passion
3056/8
Sous le sceau de l'amour
3287/7

CAMDEN Patricia
Sous la coupe du Sultan
3704/6 Inédit
Le fils du diable
3868/5 Inédit

COPELAND Lori
Hannah l'indomptable
3260/2
Les traîtrises de l'amour
3414/5
La piste de la vengeance
4061/4 Inédit

COULTER Catherine
Esclave du Viking
4023/5 Inédit

CRISWELL Millie
Un fiancé sur commande
4195/4 Inédit
A trop jouer avec le feu, on risque de se brûler. C'est ce qui arrive à l'impétueuse Cassandra, lorsque pour échapper au fiancé choisi par son père, elle passe une petite annonce...

DEVERAUX Jude
La saga des Montgomery
- Les yeux de velours
2927/5
- Un teint de velours
3003/5
- Une mélodie de velours
3049/4
- Un ange de velours
3127/4
- Princesse sans trône
4105/5 Inédit

Les dames de Virginie
- Kidnappée par erreur
3180/5
- La fiancée délaissée
3181/4
- Mariage forcé
3182/5
- Le pays enchanté
3372/5
Duel de femmes
3447/4
L'homme au masque
3523/4
Les entraves de l'amour
3643/5
La duchesse infidèle
3683/6 Inédit
Un mari par procuration
3794/4
Directrice d'une agence matrimoniale, Carrie tombe amoureuse d'un de ses clients en voyant sa photo...
La tentatrice
3889/5 Inédit
L'éveil d'Amanda
4045/4
La brute apprivoisée
4274/4

FEATHER Jane
La favorite du sérail
3448/6
La nuit de Saint-Pétersbourg
3560/6 Inédit
La favorite afghane
3664/7 Inédit
Un cœur à vendre
4172/6 Inédit

FINCH Carol
Aveuglée par l'amour
3777/6
Séduction au clair de lune
3946/6 Inédit
Amante d'une nuit
4273/6 Inédit

GARLOCK Dorothy
Le métis apache
3594/5

Aventures et Passions

GARWOOD Julie
Sur ordre du roi
3019/5
Un ange diabolique
3092/5 Inédit
Un cadeau empoisonné
3219/5
Désir rebelle
3286/5
La fiancée offerte
3346/5
Le secret de Judith
3467/5
Un mari féroce
3662/6 Inédit
Le voile et la vertu
3796/5
Prince charmant
4087/5 Inédit

HAEGER Diane
La femme cachée
4126/5 Inédit
Un conte de fées ! C'est ce que croit vivre Tessa lorsqu'elle rencontre Chandler Tate, un séduisant milliardaire qui l'épouse sur-le-champ. Mais son mari dissimule un terrible secret.
Interdits d'amour
4297/6
En 1857, Charlotte épouse Edward, un séduisant officier anglais de l'Empire des Indes, tué peu de temps après, au cours d'une révolte. Désespérée, Charlotte retourne en Angleterre. Quelques années plus tard, elle découvre qu'Edward est toujours vivant et qu'il s'est marié avec une autre...

HAGAN Patricia
Violences et passions
3201/6
Folies et passions
3272/5
Gloires et passions
3326/6
Fureurs et passions
3398/5
Splendeurs et passions
3541/5
Rêves et passions
3682/6 Inédit
Honneur et passions
3756/5
Triomphe et passions
3847/5
L'esclave blanche
4171/6 Inédit
Vendue comme esclave par son propre mari, la belle Erin ne parvient pas à se résoudre à cette trahison. Mais est-ce vraiment Ryan, si tendre et si passionné, qui a fomenté cet horrible piège ? Ou n'est-ce pas sa mère, la tyrannique Mme Youngblood, qui déteste Erin ?

HANNAH Kristin
Pépites d'or
4004/7 Inédit

HAZARD Barbara
L'aventurier des Bermudes
3703/7 Inédit
Coup monté
3811/6

HENLEY Virginia
La colombe et le faucon
3259/5
La fleur et le faucon
3416/6
La rose et le corbeau
3522/5
Les amants secrets
3641/7 Inédit
Mariage à l'essai
3866/7 Inédit
La travestie de Venise
3969/7 Inédit
Le chevalier bâtard
4104/6
Cœurs farouches
4255/4
La gitane irlandaise
4337/6

JOHANSEN Iris
Prince de cœur
3757/7
Le guerrier de minuit
4217/4
Les Normands viennent de débarquer en Angleterre, semant la mort et la destruction sur leur passage. Parmi eux, le chevalier Thibault Dumont, un colosse d'une force et d'une habileté redoutable. Lorsque le meilleur ami de Thibault est blessé au combat, ce dernier fait appel aux talents de guérisseuse de Brynn. Une entente fragile se noue entre le guerrier et la jeune femme, mais Brynn est déjà mariée à une brute odieuse.

JOHNSON Susan
Proposition malhonnête
3542/5
Le séducteur sauvage
3642/6 Inédit
Les enchères de la passion
3705/7 Inédit

JOYCE Brenda
Le fier conquérant
3222/5
Des feux sombres
3371/5
Candice la rebelle
3684/7 Inédit

KLEYPAS Lisa
Par pure provocation
3945/5 Inédit
L'ange de minuit
4062/4 Inédit
Condamnée à mort pour le meurtre de son fiancé, un pervers qu'on a retrouvé égorgé, Tasia parvient à s'enfuir de Russie et gagne l'Angleterre. Sous un nom d'emprunt, elle entre comme gouvernante au service de Lord Stokehurst. Celui-ci succombe peu à peu au charme exotique de la mystérieuse jeune femme.

Aventures et Passions

LANDIS Jill Marie
L'héritage de Jade
3449/6
La sudiste criminelle
4088/4 Inédit
La danseuse de saloon
4215/3 Inédit

LINDSEY Johanna
Samantha
2533/3
La révoltée du harem
2956/6
Capturée par des corsaires sur la côte barbaresque, Chantelle se retrouve prisonnière du dey de Barikah...
Les feux du désir
3091/5
La Viking insoumise
3115/5
Un si doux orage
3200/4
Un cœur si sauvage
3258/4
Epouse ou maîtresse ?
3304/3
Captifs du désir
3430/4
Une fiancée pour enjeu
3593/5
Paria de l'amour
3725/4
Fuyant sa famille, Jocelyne va s'installer aux Etats-Unis. Elle y rencontre Colt Thunder, dont le sang cheyenne a fait un paria.
Les frères Malory
- Passagère clandestine
3778/5
- Le séducteur impénitent
3888/4 Inédit
- Tendre rebelle
4003/4 Inédit
Magicienne de l'amour
4173/4 Inédit
Si tu oses me quitter
4318/4 Inédit

LONGSHORE Martha
Les indices de la passion
4299/4 Inédit

LOWELL Elizabeth
Poker menteuse
3726/5
Aventure dans les Rocheuses
3988/4 Inédit
Mise à l'épreuve
4128/4 Inédit
L'insoumise
4196/5 Inédit

McKINNEY Meagan
L'enchanteresse perverse
3239/5
L'ange de la vengeance
3373/5
Le corsaire des Caraïbes
3490/5
Le secret de la passion
3795/6
Le secret de la veuve
3923/6 Inédit

McNAUGHT Judith
Les machinations du destin
3399/7
Compromise
3521/6
La scandaleuse
3741/5
Fiancée contre son gré au désinvolte duc de Claymore, Whitney la rebelle est bien décidée à se battre pour préserver sa liberté.
L'amant de l'ombre
3810/7
Que faire lorsque votre fiancé vous a abandonnée et qu'un beau ténébreux demande à être consolé d'une expérience conjugale malheureuse ?

MASON Connie
Larmes de pluie
4272 Inédit

MATTHEWS Patricia
L'écume des passions
2116/4
La promesse sauvage
2987/5
Les trois amours de Rachel
3160/6
Le déchaînement des passions
3348/5

MICHAELS Fern
Passions captives
3492/7
Dans la tourmente du désir
3575/8

MILLER Linda Lael
Pendue ou mariée
3614/4
L'épouse yankee
3867/5 Inédit

MORSI Pamela
La liaison scandaleuse
4021/5 Inédit
Pour la jarretière d'Esmeralda
4150/4 Inédit

NERI Penelope
Séductrice en guenilles
3562/8
La captive du Sahara
3644/7 Inédit
A la poursuite des diamants perdus
4151/6 Inédit

O'BANYON Constance
L'amante masquée
3428/6 Inédit

ORWIG Sara
La belle d'Albuquerque
3890/4 Inédit
La belle de La Nouvelle-Orléans
3968/6 Inédit

OSBORNE Maggie
Une épouse de trop
4106/5 Inédit
Chasseuse de primes
4319/4

Aventures et Passions

POTTER Patricia
Le flambeur du Mississippi
3468/6
Sans foi ni loi
3561/5
Par amour ou par défi
4338/5

QUICK Amanda
La séductrice inattendue
3491/5
La dame voilée
3612/5
Etrange passion
3921/4

REDD Joanne
La fiancée du désert
2926/4
Le rêve chimère
2980/5
Danse avec le feu
3429/4
La fiancée apache
3663/6 Inédit

ROBARDS Karen
Désirs fous
2928/5
La lune voilée
2979/5
Mississippi belle
3070/4
Esclave de personne
3327/5
Les sortilèges de Ceylan
3466/5

ROGERS Rosemary
Amour tendre, amour sauvage
952/4
Le grand amour de Virginia
1457/4
Le métis
2392/5
Esclave du désir
2463/5
Le désir et la haine
2577/7
Insolente passion
4114/6

RYAN Nan
Esclave de soie
2929/5
Le prince aztèque
3071/5
La légende de l'amour
3247/5
Le ravisseur indien
3574/6
L'amour pour mission
3846/5 Inédit

SMALL Béatrice
La captive d'Istanbul
3613/6
Chassé croisé
3776/7

SMITH Bobbie
Capture mon cœur
3922/6 Inédit
L'espion des Caraïbes
4216/5 Inédit

SPENCER LaVyrle
N'aimer qu'une fois
3906/6 Inédit
Cache-cache amoureux
4046/6 Inédit
Les embruns du cœur
4298/5

STUART Anne
Désirs masqués
3845/5 Inédit
Séducteur sans scrupule
4002/5 Inédit

SUTCLIFFE Katherine
Un défi amoureux
3592/4
La belle du pénitencier
4320/3

TRENT Lynda
Coup de patte
3509/6

WEYRICH Becky Lee
Le vent brûlant de Bombay
3036/5
Le chardon et la rose
3110/6
La proie du pirate
3158/5
Lune gitane
3202/5
L'esclave de l'empereur
3905/5 Inédit

WIGGS Susan
Le renégat
3944/6 Inédit
Le lys et le léopard
4022/6 Inédit
Le mercenaire amoureux
4194/6 Inédit

WOODIWISS Kathleen
Quand l'ouragan s'apaise
772/4
Le loup et la colombe
820/4
Cendres dans le vent
2421/7
Qui es-tu, belle captive ?
2998/6
L'inconnue du Mississippi
2509/3
A la cour du tsar
4047/6

4447

R.I.D. Composition 91400 Gometz-la-Ville
Achevé d'imprimer en Europe (France)
par Brodard et Taupin à La Flèche (Sarthe)
le 24 mars 1997. 6438R
Dépôt légal mars 1997. ISBN 2-290-04447-4

Éditions J'ai lu
84, rue de Grenelle, 75007 Paris
Diffusion France et étranger : Flammarion